妖怪姫、婿をとる

廣嶋玲子

「許嫁がさらわれた！　取り返すから手を貸してくれ」飛びこんできた久蔵の絶叫に、弥助は仰天した。人さらいなら、十手持ちにでも訴えるのが筋ではないか。だが、聞けば許嫁は妖怪、しかもいいところのおじょうさんだと言う。え？　許嫁が妖怪？　驚きのあまり言葉を失う弥助だったが、真剣な面持ちで頼みこむ久蔵に、千弥は厄介事が大好物の大妖である妖猫族の姫、王蜜の君を紹介する。王蜜の君の手引きで許嫁の初音がさらわれたと思しき、華蛇族の屋敷に忍びこんだ久蔵だったが……。遊び人久蔵に降りかかる試練を描く、人気シリーズ第五弾！

人物
久蔵（きゅうぞう）
太鼓長屋の
大家の息子
千弥（せんや）
太鼓（たいこ）長屋に住む
按摩（あんま）の青年
玉雪（たまゆき）
兎（うさぎ）の妖怪
弥助（やすけ）
千弥の養い子

登場
左京・右京
飛黒の双子の息子
飛黒
烏天狗
月夜公
妖怪奉行所
東の地宮の奉行
津弓
月夜公の甥
梅吉
梅の子妖怪

萩乃（はぎの）
初音の乳母（うば）
初音（はつね）
華蛇族（かだぞく）の姫
青兵衛（あおべえ）
初音に仕える蛙（かえる）

王蜜の君………妖猫族の姫

蘇芳………初音に仕える下女蛙。青兵衛の女房

辰衛門………久蔵の父

妖怪の子預かります5

妖怪姫、婿をとる

廣 嶋 玲 子

創元推理文庫

THREE ORDEALS

by

Reiko Hiroshima

2018

目次

妖怪姫、婿(むこ)をとる　一三
従者達、宴(うたげ)をひらく　一八七

登場人物紹介・扉イラスト　Ｍｉｎｏｒｕ

妖怪の子預かります5

妖怪姫、婿（むこ）をとる

妖怪姫、婿をとる

江戸の貧乏長屋に住まう弥助は、小柄で、色黒で、くりくりとした目をした少年だ。変わったところはまったくなく、どこにでもいそうな普通の子に見える。

だが、弥助はじつは希有な役目を担っていた。妖怪達と縁を結び、彼らの子供を預かる〝妖怪の子預かり屋〟なのだ。

最初の頃こそ、弥助は妖怪達の多種多様な見た目や癖にふりまわされていた。が、今ではすっかり慣れ、妖怪との交わりは日増しに深くなってきている。

おかげで、最近ではめったなことでは驚かなくなってきていたのだが……。

ある夏の夜、目玉が飛び出さんばかりに驚くはめになった。

弥助だけではない。隣に座っていた弥助の養い親、按摩の千弥も、眉目秀麗な顔をこわばらせた。これまた珍しいことだ。

千弥は、かつては白嵐と名乗る大妖で、その荒ぶる力と圧倒的な魅力ゆえに、大いに妖界をかき乱した存在だったという。現在は〝弥助命〟の親馬鹿で、だからこそ弥助が関わらぬことに驚くことはほとんどないと言っていいのに。

その千弥すらも絶句させたのは、久蔵(きゅうぞう)という男だった。

一

「俺の許嫁がさらわれた！　取り返すから、手を貸してくれ！」

弥助達の長屋に飛びこんでくるなり、久蔵はそう絶叫した。

久蔵は太鼓長屋の大家の息子で、歳は二十五。親の手伝いをすることもなくふらふらと遊び回り、あちこちの女と恋を楽しむ筋金入りの遊び人だ。

が、最近様子が変わった。悪所通いがぴたりとやみ、長屋に押しかけてきて弥助をからかったりすることも少なくなった。

聞けば、許嫁ができたのだという。

噂でそれを知り、弥助は他人事ながら不憫がった。

「あんなやつの嫁さんになるなんて、気の毒なおじょうさんがいたもんだ。苦労するのが目に見えてるのに」

そう思ったのだ。

その許嫁がさらわれたと、久蔵は言う。

なんと言ったらいいのか、どういうことなのか、頭がまるで働かず、長いこと弥助達はかたまっていた。

ようやく弥助が口を開いた。

「え？　何？　どういうこと？」

「どうもこうもない！　言ったとおりさ。許嫁がさらわれたんだ。しかも俺の目の前でだよ。あいつら、ふざけやがって！　冗談じゃないよ！」

目を血走らせてわめく久蔵に、今度は千弥が言った。

「さらわれたとわかっているなら、なぜここに来たんです？　こっちにすがるのは筋違いでしょうに」

「そ、そうだよ。こんなとこでぐずぐずしてる場合じゃないだろ？　さっさと八丁堀なり十手持ちの親分なりに頼みに行けよ！」

我がことのように焦りながら、弥助は怒鳴った。

だが、すっと久蔵の顔つきが改まった。

「いいや、だめだ」

「何言ってんだよ！」

「今回ばかりは、そういう筋には頼めないんだよ。……さらったのは、人じゃあないんだから」

久蔵の言葉に、弥助はぽかんとした。

人じゃない？

「それ、ど、どういうこと？」

「だから、あやかしだよ！　妖怪！　そいつらがいきなりやってきて、あの子をさらっていったんだ。うちの姫は返してもらうとかなんとか、偉そうに言いやがって！　止めようとした俺の頭まで殴りつけやがったんだよ！　見ておくれよ、このこぶ！」

「そんなもん、どうでもいいって。それより……うちの、姫？」

「あ、うん。俺の許嫁、人じゃないから。けっこういいとこの妖怪のおじょうさんらしいんだ」

こともなげに言う久蔵に、ふたたび弥助は絶句した。

久蔵の許嫁が妖怪だった？

ますますもってわけがわからなくなってきた。いったい、どこをどうしたら、そういうことになるのだろう？　いや、そうか、わかったぞ。これは全部、久蔵の冗談なんだな。

弥助は久蔵を睨んだ。

「おまえ……人をからかうのもいい加減にしろよな」

「からかう？　こっちは大まじめだよ！　おふざけでこんなこと、俺が言うとでも思うのかい！」

「だって……いきなり信じられないよ」

「ほんとにほんとだよ！　嘘じゃないんだって！」

疑う弥助に、必死で言い募る久蔵。

ここでまた千弥が口を開いた。

「それで？　どうして私達に助太刀を頼みに来たんです？」

「他にいないからだよ。俺の友達で、妖怪なのは千さんだけだからね」

そう言って、久蔵はじっと千弥を見つめたのだ。目を閉じたままの、美しい按摩の青年を。

千弥はまったく顔色を変えなかったが、弥助は血の気が引いていくのを感じた。

知っている？　久蔵は、秘密に気づいている？　いや、そんなはずはない。あるわけがない。

かちこちにこわばっている顔を無理やり歪めて、弥助はなんとか笑いめいたものを浮かべた。

「な、な、何を馬鹿なこと言ってんのさ。人じゃないって……」

「たぬ助。隠さなくたっていいんだよ。千さんのこと、俺は知ってるんだ」

静かな、きっぱりとした声音に、弥助は言葉を封じられてしまった。青ざめて、思わず千弥の肩をぎゅっとつかんだ。

少年の手を握ってやりながら、千弥は小さく息をついた。

「そうじゃないかと、うすうす思ってはいましたよ。久蔵さんは鈍(にぶ)そうに見えて、妙なところで鋭いから」

「まあね。千さんのことをずっと見てたら、どうも人とは思えないところがちらほらあったから。こりゃ人じゃないなと思ったほうが、しっくりきたんだよ」

「確信したのはいつです?」

「六年くらい前かな。あの夜、俺はいつもみたいに酔っ払ってて、夜風に当たりたくてさ。なぜかわからないが、長屋の屋根に上ったんだよ。で、生まれて初めて、妖怪に出くわしたんだ」

すごいやつだったと、久蔵は身震いした。

「今思い出しても、寒気がするほどきれいな顔のあやかしでね。見かけは若い男なんだけど、ほんと、千さんに勝るとも劣らぬ美男でさ。真っ白な狐みたいな尻尾(しっぽ)が三本も生えていたけど、とにかく俺はその顔に驚いちまったよ」

月夜公(つくよのぎみ)だと、弥助は心の中でつぶやいた。

妖怪奉行であり、弥助に「妖怪の子預かり屋になれ」と言い渡した大妖(たいよう)。その性格は苛(か)烈(れつ)にして傲慢(ごうまん)。正直、弥助は苦手だ。

だが、おかしいなとも思った。

六年前というと、まだ弥助が妖怪達と関わり合いを持つ前だ。あの頃、弥助はまだ千弥が妖怪だということも知らず、ぬくぬくと千弥を独り占めしていた。そんな頃に、どうして月夜公が太鼓長屋に現れたのだろう?

首をかしげている弥助の前で、久蔵は話し続けた。

「そいつはね、屋根に立って、じっと下を見てた。視線の先を追ってみたら、千さんがいた。たぬ助、おまえが悪い夢でも見たんだろうね。千さんは外に出て、井戸で水を汲んでおまえに飲ませているところだった。それを、屋根の上のあやかしはじっと見ていたのさ」

そのまなざしは一口には言えない深いものに満ちていたと、久蔵は言った。

「こりゃ千さんと何か因縁(いんねん)があるんだって、一目でわかったよ。で、あやかしと因縁があるってことは、つまり千さんは人じゃない。そう思うのが妥当だろう?」

「……そのあやかしは?　それからどうしました?」

「俺の気配に気づいたのかどうか知らないが、すっと消えてしまったよ。あれを見たのは後にも先にも、その時だけさ。……あれは誰だって聞いても、教えてはくれないんだろうね？」

「………」

黙る千弥に代わって、弥助が口を開いた。

「し、知ってたのに……なんで何も言わなかったんだよ？」

「そりゃ、そっちが秘密にしたがってる様子だったからさ。秘密にしたがってるものをわざわざ暴き立てるなんて、そんな野暮はしたかないからね」

とにかくだと、久蔵の顔が引き締まった。

「千さんのことより、今は俺の許嫁のことだ。なんとしても取り戻したいんだよ。段取りをつけてくれ、千さん」

「と言われましても、今の私は無力なのですよ。妖怪であった頃の力はほとんど残っていないから」

「それでも、今でもつながりくらいはあるんだろ？」

久蔵は食い下がった。

「あの子が連れていかれた場所さえわかればいい。そこに俺を連れていってくれさえしたら、あとのことは俺が自分でなんとかする。千さんや弥助には絶対に迷惑をかけないから、頼む！　頼むよ！」

がばっと、久蔵は土下座した。額を床板にこすりつける姿に、弥助は少々感動した。

久蔵はふざけてばかりの極楽とんぼだが、伊達と粋を気取るだけあって、本当にみっともないこと、男を下げるような真似は決してしない。

それがこうして頭を下げている。それだけ許嫁が大事ということだ。人ではないという許嫁のことが……。

弥助は千弥に目を向けた。その気配を感じ取り、千弥は軽くうなずき返した。養い子の心の動きには、驚くほど敏感なのだ。

千弥は久蔵に言った。

「わかりました。そういうことなら、手を貸します。と言っても、私にできるのは本当に段取りをつけることくらいですよ」

「それで十分だよ。恩に着るよ、千さん」

ありがたそうに、久蔵は手を合わせた。

弥助は千弥に聞いた。

「で、誰に頼むの？　月夜公？」

「あいつがこんなことに手を貸してくれると思うかい？」

「……思わない。じゃあ誰に？」

「……こういう厄介事が大好物な相手に頼むとするよ」

そう言って、千弥は少し複雑な笑みを浮かべたのだ。

二

その後、玉雪（たまゆき）が長屋を訪れた。

玉雪は、弥助を弟のようにかわいがっている兎（うさぎ）の女妖（じょよう）だ。まだ力が弱いため、日のあるうちは兎の姿に戻ってしまうが、夜になればころりと丸い女の姿となり、弥助の子預かり屋を手伝いに来る。

やってきた玉雪は、久蔵がいるのを見るや、すぐに戻ろうとした。それを呼び止め、千弥は何事かを玉雪にささやいた。

玉雪の顔色がさっと変わった。

「ほ、ほんとに、あのぅ、いいんでございますか?」

まじまじと見返してくる女妖に、千弥はうなずいた。

「いいんだよ。呼んできておくれ」

「は、はい」

玉雪は姿を消し、すぐに一人の少女を連れて戻ってきた。

歳は十歳くらいに見えるが、明らかに人ではなかった。人と言うにはあまりに異質な美しさをまとっていたからだ。髪は雪から紡いだかのような純白、猫めいた大きな目は金色。唇は赤く艶やかで、恐ろしいほど蠱惑的だ。

傾城のごとき色香と気品、圧倒的な妖気をたたえた少女に、久蔵は瞠目した。

一方、弥助はため息をついた。誰を呼ぶかと思ったら、このあやかしだったのか。

王蜜の君。魂を集めるのを好む妖猫族の姫。猫の性を持つゆえ、その気性は気まぐれで気ままで、なにものにも縛られない。次に何をしでかすか、読みにくいあやかしだ。

頼みごとをするのに適した相手とはとても言えない。どうして千弥が呼び出したのか、弥助には理解できなかった。

「久しいの、白嵐。弥助も息災であったかえ?」

甘い声で王蜜の君は言った。

「なにやらおもしろいことが起きているそうじゃな。わらわに声をかけてくれるとは、嬉しいぞえ、白嵐」

「千弥だよ。白嵐の名は捨てたと、何度も言ったじゃないか」

「これはすまぬ。ついつい呼び慣れた名を呼んでしまう。で、おもしろいこととはなんなのだえ？　早う教えておくれな」

目をきらめかせながら、身を乗り出す王蜜の君。その顔は楽しげで無邪気そのものだ。逆に、千弥は少し苛々した様子で、久蔵を指差しながら言った。

「先刻、この人の許嫁が妖怪に連れ去られたそうだよ。行き先がどこか突きとめて、この人をそこへ連れてってあげておくれ」

さすがにそんなことを言われるとは思っていなかったのだろう。王蜜の君は少し驚いたように目を見開いた。

「なにゆえ、わらわがそんなことをせねばならぬ？」

「おまえにも関わりがあるからさ。この件、元はと言えば、おまえが段取りをつけたことなのだろう？　だったら、少しは責任を持って、手を貸してやるのが筋だ」

「はて、わらわが関わったとな」

首をかしげながら、王蜜の君は久蔵を見た。

一呼吸後、王蜜の君は笑った。

「そうか。その男、見覚えがあるとは思うていたが、かの姫の想い人ではないかえ。うむ。これは確かに、わらわも関わったことであったの」

「得心がいったのなら、私が頼んだこと、やってくれるかい？」

よかろうと、王蜜の君はうなずいた。

「そういうことなら、手を貸そうではないか」

「あ、ありがとう！」

それまで息を殺していた久蔵だが、がばりと、王蜜の君に頭を下げた。

「こ、このとおり、恩に着ます！」

「なに。礼などよいわ。なにより、ふふ、おもしろそうだしのぅ。ところで、そなた、久蔵とかいう名前であったか」

「は、はい！」

「では、久蔵。一つ聞くが、姫を連れ去ったのは、どんな者どもであったかの？」

「それが……一瞬のことだったんで」

よくは見えなかったのだと、久蔵はうなだれた。

「俺達は、庭で夕涼みをしていたんです。そうしたら、いきなり黒い雲が庭に降りてきて、そこから大きな牛車(ぎっしゃ)が出てきました。次いで、わらわらと大きな蛙(かえる)が何匹も出てきて、あの子を牛車に押しこんだんです」

「蛙、とな……」

「そのうちの黒いやつに、俺は頭を殴られて……」

「ああ、そのあたりは詳しく話さなくてもよい。興味はないからの。それより……もしや、蛙どもを仕切っていたのは、女ではなかったかえ？　銀のぼかしが入った薄墨色の打ち掛けをまとった女ではなかったかえ？」

「お、おっしゃるとおりで」

やはりかと、王蜜の君はため息をついた。

「では、連れ去られた先は一つしかないのぅ。……連れ戻すのはかなり難しいことになろう。命がなくなるやもしれぬが、それでもよいかえ？」

「はい」

それまでひきつっていた久蔵の顔が、別の意味で引き締まった。顔に決意をたたえ、猫の姫を見返す久蔵は、天敵の弥助の目にもかっこよく映った。

王蜜の君も小気味よさげに笑った。

「その心意気やよし。では、この男は連れていく。それでよいのじゃな、白嵐？」

「千弥だよ。ああ、それでいい。頼んだ」

「ふふふ。そなたがわらわに頼みごとをするとはのぅ。なんともまあ、良い心地がするものじゃのぅ」

くすくす笑いながら、王蜜の君はすっと姿を消した。同時に、そこに座っていた久蔵もまた消えたのだ。

面食らう弥助に、「これで大丈夫だよ」と、千弥は言った。

「久蔵さんのことは猫の姫にまかせておこう。あれでも約束したことは守るやつだ。心配はいらないと思うよ、たぶん」

「ほ、ほんとに大丈夫かな？」

「あのぅ、あたくしもちょっと不安に思うのですが」

「なんだね、玉雪まで。それに弥助も。いつもいつも、久蔵さんがひどい目にあえばいいって言っていたじゃないか」

痛いところを突かれ、弥助はちょっとひるんだ。

「そ、そりゃそうだけど。でも、今回は、久蔵だけじゃなくて、許嫁の妖怪のこともあるから。ちょっと心配になってさ」

「優しい子だね」

ふわっと千弥は笑った。

「まあ、なんとかなるだろうよ。久蔵さんはしたたかな男だし、いざとなればけっこう身のこなしも素早い。どこかに忍びこんだり、逃げたりするのはお手の物だし、うまくやるんじゃないかね」

「……褒めてるの、それ？」

「そうだよ。私は久蔵さんのことはそこそこ認めているんだよ。おまえとは比べ物にならないけど、気に入ってもいる。世話になった恩もあるしね」

だから、がんばってほしいものだと、千弥は言った。

「大事なものは自分の手でつかみとってこそ価値がある。そして、それを守り続けること。これが肝心だ。まあ、久蔵さんならできるだろうさ」

「……………」

「さて、久蔵さんのことはもういいよ。弥助、小腹は空いていないかい？　何か食べるかい？」

「あ、それなら、あのぅ、大福を持ってきたのですけど」

「それはいい。お手柄だよ、玉雪。ほら、弥助、大福だそうだよ。好きだろう？　お茶を淹れるから、食べなさい」

「あ、お茶ならあたくしが」

いそいそと、弥助を甘やかし始める千弥と玉雪。早くも久蔵のことなど忘れたかのような二人に、弥助は苦笑した。

人間の弥助は、そう簡単に頭の切り替えはできない。天敵とは言え、今回ばかりは久蔵が心配だった。あんなふうに取り乱した久蔵は見たこともない。それだけ許嫁が大事だということだろう。

今までどんな女とも長続きせず、ふらふらと遊び歩いていたのに。変われば変わるものだと、弥助は思った。

いったい、どんな相手なのだろう？　妖怪でありながら、あの久蔵にあそこまで惚れこまれるとは。

会ってみたいと素直に思った。

そして、「がんばれよ」と、心の中でちょっとだけ久蔵のことを応援したのだ。

三

久蔵の目の前には、雅(みやび)やかな寝殿造(しんでんづく)りの屋敷があった。

もっとも大きな母屋を中心にして、いくつのもの棟(むね)を渡殿(わたどの)でつなぎ、広大な一つの屋敷に仕立ててある寝殿造り。つややかな黒の屋根には、薄紫色の雲がまとわりつき、朱(しゅ)色の柱の美しさは目も覚めるようだ。

大昔、平安貴族達が住まっていたかのような屋敷の中庭の茂みに、久蔵は身を潜ませていた。一瞬にして太鼓(たいこ)長屋から連れ出され、気づけば、ここに降ろされていたのだ。なにやら天空を飛んだような気もするが、定かではない。普通ではない移動で、体はまだびっくりしているのだろう。少し震えている。

そして、王蜜の君と呼ばれていたあやかしの姿もない。久蔵をここに連れてくるや、

「そなたの許嫁(いいなずけ)はあの屋敷の中じゃ。うまく忍びこむがよいぞえ。連れ出せるかどうかは、そなた次第じゃ」

と言って、さっさと消えてしまったのだ。

見知らぬ場所に一人取り残されて、久蔵はむろん不安になった。だが、すぐに持ち前のしたたかさと強気を取り戻した。

とにかく、あの子がいる場所に来られた。どこにいるかもわかった。これ以上を望んだら、それこそ他力本願がすぎるというものだ。

金糸梅(きんしばい)の茂みにしゃがみこみながら、久蔵はじっと屋敷をうかがった。時折、きれいな女達が廊下を歩いていくのが見える。人の子供くらいもある、大きな蛙(かえる)も見えた。着物を着て、後ろ足で立って歩いている。身なりからして下僕らしい。

頭のこぶがうずいて、久蔵は顔をしかめた。色は違えど、出入りしている蛙達は自分を殴ったやつとそっくりだ。あの黒いやつにはいつかお返ししてやりたいものだと、口の中で小さく唸(うな)った。

だが、屋敷そのものは静かだった。そうたくさんの人、いや、あやかしがいるようには見えない。

もう少し出入りが少なくなったら、思い切って中に入ってみよう。

一度決めてしまうと、肝(きも)が据わり、ぐっと落ち着いた。中庭を見回す余裕すら出てきた。

本当に見事な庭園だった。樹木は美しく整えられ、百花繚乱(ひゃっかりょうらん)と花が咲き乱れている。

桜、梅、水仙（すいせん）、牡丹（ぼたん）、菊、さつき、椿（つばき）。

四季折々の花が咲き誇る景観は、まさに圧巻だった。

が、久蔵はそれほど感銘は受けなかった。むしろあきれて鼻を鳴らした。

「きれいだが、ちょいと奔放すぎるね。あれこれ咲きすぎていて、情緒ってもんに欠けるよ」

ぶちぶち言いながらも、また屋敷に目を戻した。

そのままひたすら待った。自宅や女の家には、数え切れないほど忍びこんだことがある。その経験から、久蔵は踏みこみの間合いとも言うべきものを会得していた。屋敷の気配、呼吸に合わせ、ここぞという隙を探る。

そして、ついにその時がやってきた。

それはなんとも言い表せない感覚だった。強いて言うなら、自分の呼吸が、屋敷の呼吸にぴたりと合ったのだ。

その瞬間、久蔵は屋敷が自分に「来い！」と呼びかけてきたように感じた。

「よし」

久蔵は隠れ場所を飛び出し、素早く屋敷の渡り廊下に駆け上がった。

あきれるほどに屋敷の中は広く、無数の部屋があるようだった。廊下もまた果てしなく長い。

「こりゃ大変だ」

気をいっそう引き締め、久蔵は進んでいった。音がしないよう、すり足で動きながら、あちこちの襖や障子を少しだけ開いて、中をのぞいていく。

部屋数は多いものの、あやかし達の姿はほとんどなかった。すれ違いそうになることもあったが、そういう時はそばの部屋に入ってやり過ごした。

三度目の時には、危うく廊下の角で赤い蛙と鉢合わせしそうになり、肝が冷えた。幸いなことに、そばに大きな壺があり、久蔵はその陰に隠れて、難を逃れた。

蛙が立ち去ったあと、久蔵は汗をぬぐった。

このままでは埒があかない。調べる部屋が多すぎるのだ。ここは一つ、考え方を変えてみるとしよう。

「俺にもし、娘がいたとする。かわいい大事な娘。その子に変な虫がつきそうになったら……当然、守ろうとする。屋敷の一番奥の部屋で。そこが一番安全だから」

よしとばかりに、久蔵は立ち上がった。途中の部屋には、もはや目もくれない。ひたすら奥へと進んだ。

やがて様子が変わってきた。明らかに豪奢になってきたのだ。襖の蒔絵が、欄間の彫刻が、奥に進むにつれて息をのむほど手の込んだものとなっていく。

近づいている。

そう感じた時、久蔵の耳がかすかな声をとらえた。

すすり泣き。若い女のものだ。

久蔵は走りだした。声をたどって、夢中で走る。

白孔雀（くじゃく）の絵が描かれた襖の前に立った。声はこの向こうから聞こえる。聞き間違えようのない、あの子の泣き声だ。

頭の中がかっと燃えるようになった。

あの子を泣かしやがって！　断じて許さない！

怒りに震えながら、久蔵は襖を開け放った。

そこは大きな座敷となっており、中央には若い娘がうずくまっていた。

「初音ちゃん！」

久蔵は娘に飛びついた。

娘が顔を上げた。涙に濡れていても、そのおもざしは瞠目（どうもく）するほど愛らしい。

久蔵を見るや、初音はぱっと笑顔になった。

「久蔵さん！」

「大丈夫だったかい？　怪我はないかい？」

慌ただしく初音の手を取ったところで、久蔵はこわばった。穴の開くほど許嫁の目を見つめる。

「ど、どうしたの、久蔵さん？」

「……おまえさん、誰だい？」

男の押し殺した声に、初音の大きな目がさらに大きく見開かれた。

「何をおっしゃるの？」

「……おまえさんは、確かに初音ちゃんにそっくりだ。でも、あの子じゃあないね。……誰なんだい？」

にっと、初音が笑った。

次の瞬間、どすんと、ものすごい重みが久蔵の背中に落ちてきた。

「わっ！」

たまらず、久蔵は床に倒れた。そのまま身動きが取れなくなる。

目に見えぬ重みに縫いとめられ、つぶれた蛙のようになっている久蔵。その前で、初音がゆっくりと姿を変えていった。

現れたのは四十路の女だった。整った顔立ちは怜悧で、いかにも頭が切れそうな風格がある。

銀のぼかしの入った薄墨色の打ち掛けをまとった女は、かみそりのように鋭い目で久蔵を見下ろした。

「まさか見破られるとは思いませんでしたよ。人の分際でありながら、なかなか勘が鋭いではありませんか」

「ぐぅっ！　あ、あんた、あの子、どこやったんだ！」

「まだしゃべれるのですか？　しぶといこと。ですが、それももう終わりですよ。……おまえを姫に会わせるわけにはいかないのです。我らが姫に想われた幸せを胸に、消えておしまいなさい」

「う、おっ！」

重みが増してきた。骨も臓腑も押しつぶされてしまいそうだ。必死でもがいたが、逃れられない。

久蔵の目の前が暗くなりかけた。

「し、し、んで、たま……うっ！」

みしりと、体のどこかで変な音がした時だ。

ふいに、のしかかっていた重みが消えた。

朦朧としている久蔵の耳に、あの女の気色ばんだ声が聞こえた。

「何をなさるのです！　邪魔立てなさるのですか！」

「いかにも」

ゆったりとした声が答える。

久蔵はなんとか首を動かし、そちらを見た。

王蜜の君がいた。白い髪をなびかせ、妖しい笑みを浮かべて、そこに立っている。

「ね、猫の、お姫さ、ん……」

「危ういところであったのう、久蔵。大丈夫かえ？」

「……帰った、と思って、た」

「まさか。このようなおもしろいこと、わらわが見逃すはずがあるまい？　むろん、全て見ておったわ。そなたがどのように動くか、見ていてわくわくしたわえ。この屋敷の奥まで、ようたどりつけたものよ。やるではないか、そなた」

「見てたって……そ、それじゃ、なんで俺を一人にしたんです？」

「わらわが手を貸しては、おもしろくないからの」

「………」

「まあまあ、よいではないか。本当に危ない時には、ほれ、こうして助けに来たであろう？　わらわは優しいであろう？」

しれっと言う王蜜の君に、久蔵は弱々しく笑った。

こうして、久蔵はあっけなく捕らわれたのだ。

四

華蛇族(かだぞく)の萩乃(はぎの)は腹を立てていた。怒りをこめて、前に座る王蜜の君を睨(にら)みつける。だが、凍るようなまなざしを受けても、妖猫族(ようびょうぞく)の姫はびくともしない。出された菓子をおいしそうにつまむ姿は、無邪気そのものだ。

黙っていても埒(らち)があかないと、萩乃はついに切りだした。

「王蜜の君。お戯れに茶々を入れられては困ります。こちらは一族の姫の一大事。お遊び事ではないのでございますよ？」

「そう言うな、萩乃。乳母(うば)であるそなたが、初音姫のことをどれほど大切に想うているかは、わらわとて知っておる。だがの、わらわとて戯れておるわけではない。元より初音姫のことは気に入っておるからの。幸せになってもらいたいと思うておる」

「そう思うてくださるのなら、なにゆえでございます？　なにゆえ、あのような人間に肩入れなさるのでございます？」

ぴりりと柳眉をつりあげる萩乃に、王蜜の君は金色の目を向けた。謎めいた、吸いこまれるほどに深い色が、少し鋭く光り始めている。

ひるむ萩乃に、王蜜の君はゆっくりと尋ねた。

「こちらこそ、なぜと聞きたいのぅ。そなたら華蛇族は、恋する者に驚くほど寛容じゃ。そして、初音姫はまぎれもなくあの久蔵という男を好いておる。その仲を裂こうとするなど、野暮の極み。華蛇族とも思えぬ無粋な真似を、なにゆえするのだえ？」

「かの男が姫にふさわしくないからでございます。あのような不細工な、華蛇族でもない男など」

憎々しげに言う萩乃に、王蜜の君はさもおかしそうに笑いだした。

「はてさて、そなたがそれを言うかえ？　そういうそなたとて、華蛇族ではない者を伴侶に選んだではないか。それも、たいそうな惚れこみようで、当時は大変な噂になったはず。蓼食う虫もなんとやらと……」

「わたくしのことは関係ございませぬ」

ぴしゃりと、萩乃は言った。

「少なくとも、わたくしは同じあやかしを夫に選びました。相手が人間とあらば、話は別でございます」

「同じことであろうよ」

くすくすと笑ったあと、王蜜の君はふと首をかしげた。

「そういえば、初音姫は？　そなたに無理やり屋敷に連れ戻され、泣きじゃくっているのではないかえ？」

「それが王蜜の君、そうでもないのでございます」

萩乃の顔が渋くなった。

「最初こそ、怒り、泣いておられました。けれど、しばらくすると、きっぱり泣きやまれ、台所に行きたいと言いだされたのです」

「台所？　それはまた、なにゆえ？」

「下働きの蛙(かえる)達に、料理を教えてもらうと言うのでございます。どうせしばらくはここから出られないとわかっている。このまま部屋の中にいるのは時間の無駄。いずれ、自分はあの人のもとに戻るのだから、その時までに、うんとおいしいものをこしらえられるようになっていたいと」

王蜜の君は目を見張り、はじけるように笑いだした。

「ほほう。あの初音姫がずいぶんとたくましくなったものじゃ」

「たくましすぎでございます！　華蛇族の姫ともあろう方が、か、蛙達にまじって煮炊きをするなど、前代未聞でございます！」

「わめくでない。そなたらしくもない。そうか。あの姫がそのようなことを。よほど久蔵なる男に惚れ抜いておるのじゃな」

「……」

むすっと黙りこむ乳母に、王蜜の君は諭すように言った。

「少しは初音姫を信じてやってはどうじゃ？　そなたが手塩にかけて育てた姫じゃ。その姫が選んだ男ならば、人であろうとも、それなりに光るものを持っているはず。それに、人の身でありながら、単身ここに乗りこんできた度胸は認めてやらねばなるまい？　ん？どうじゃ？」

「単身と申しますが、結局は王蜜の君が手を貸していたではございませんか。あなた様のような強力な助太刀がいては、度胸がつくのは当然でございます。ずるをするのと同じでございます」

「まあ、確かにのぅ」

だがと、王蜜の君は言葉を続けた。

「だがの、萩乃よ。久蔵がわらわに頼んだのは、ここへ連れてきてくれということのみ。それ以上の手助けはいっさい望まなかったのじゃ」

「……王蜜の君が何者であるか、知らなかったからではございませんか？　どれほどの力をお持ちか、知らなかったからこそ、助力を乞わなかったのでは？」

「ありえぬ」

王蜜の君はきっぱり言い切った。

「どんな鈍い人間であろうと、わらわを見て力が弱いと思う者はおるまい。それとも、本気でそのようなことを申すのかえ？」

「……」

「とにかくじゃ。姿を消して久蔵のあとについてきたのも、そなたからかばってやったのも、全てわらわ一人が勝手に決めてやったことよ。どうじゃ？　これではずるとは申せまい」

「それはそうかもしれませぬが……やはり、姫様に人間など……」

「恋に生きてこその華蛇と言うではないか。それをそなたが断ち切っては、初音姫の心が壊れるやもしれぬ。そうなってもよいのかえ？」

「それは……いやでございますが」

「ならば、もう少し長い目で見てやるがよい。それに、そなたとて、かわいい姫に鬼婆呼ばわりされたくはあるまいて」

最後の一言は大いに効果があった。

一気に顔色を失った萩乃は、しばらく懊悩(おうのう)したあと、悔しげにうなずいたのだ。

「ようございます。王蜜の君がそれほどにおっしゃるのであれば、もう少し、久蔵なる男を見極めてみましょう。さっそく、あの者のことを調べてみるといたします」

「ほほう。聞いて回るつもりかえ？　しかし、あの男はなかなか顔が広く、友人の類は多いと聞く。聞きこみは骨が折れよう」

「いえ、聞くべき相手は友ではなく、あの男を嫌う者でございます」

「敵かえ？」

「はい。敵のほうが、相手の本質をよう見抜いておりますから。あの男を百足(むかで)のごとく嫌う者を探してみようと思います」

にやっと、王蜜の君が笑った。

「それなれば、うってつけの者がおるぞえ」


弥助は猛烈に腹を立てていた。ぱんぱんに頬を膨(ふく)らませ、同時にぎりぎりと歯ぎしりするという器用なことをやってのける。

弥助はつい先ほどまで、太鼓(たいこ)長屋の厠(かわや)にいたのだ。

出すものを出して、すっきりして、いざ千弥の待つ部屋に戻ろうとした時だ。いきなり誰かに抱え上げられた。

「すまぬの、弥助。久蔵のことを知りたがっているものがおるのじゃ。許せよ」

甘い声で耳元でささやかれたあと、ぐるりと、体の中が回転するような気持ち悪い感触が走り、そして……。

気づけば、広い座敷に投げ出されていた。

座敷の主は、弥助をもてなすつもりなのだろう。分厚い赤い座布団が敷かれ、かわいらしい干菓子とお茶が並んでいる。だが、とても手をつける気にはなれず、弥助は心細くなりながらまわりを見た。

誰もいない。座敷の中は静まり返り、外からも何も聞こえてこない。

だが、不安だったのは最初だけで、すぐに腹が立ってきた。

厠で弥助を捕まえたのは、きっと王蜜の君だ。あの甘い声音は聞き間違えようがない。ここへ連れてきたのも王蜜の君だろう。

だが！　しかしだ！

その理由が納得できなかった。久蔵のことを知りたがっているものがいるからって、よりにもよって、なぜ自分が選ばれなくてはならないのだ！

「だからやなんだよ、久蔵は。何が、迷惑はかけないよ、だ！　そう言ってて、絶対巻きこんでくるんだから。ああ、やだやだ！　あいつ、ほんと嫌い！」

怒りをこめてぶつぶつ言っていると、ふいに襖(ふすま)が開き、一人の女が入ってきた。

銀ねず色の着物の上に、薄墨(うすずみ)色の打ち掛けという渋い身なりの女だ。若くはないものの、その顔立ちは今でも十分に美しい。にじみでる教養と品位が、若さ以上の美として備わっている。

思わず背筋を伸ばして正座する弥助に、女は静かに頭を下げた。

「わたくしは華蛇の萩乃と申す者。そちらは子預かり屋の弥助殿ですね。手荒な真似をしたことは、このとおりお詫びします。ですが、これはわけあってのこと。怒らずに話を聞いてもらえましょうか？」

「う、うん」

萩乃の威厳に気圧(けお)され、弥助はうなずいた。さっきまでの悪口雑言(あっこうぞうごん)も、萩乃の登場で頭から吹っ飛んでしまっていた。

同時に、気づいた。華蛇というのは、聞き覚えのある名前だ。

「もしかして、初音姫の眷族(けんぞく)かい？」

「我が姫を知っているのですか？」

「う、うん。まあ、少しだけ」

「それでは、姫の想い人が久蔵という人間であることも、むろん知っているのでしょうね？」

「それは……えっ？　えええええっ！」

弥助は仰天し、まじまじ萩乃を見返した。

「……そ、そうなのかい？」

「知らなかったと？」

「し、知らなかった。だって、久蔵の許嫁が妖怪だと聞いたのだって、今夜だし。え、ほんとなの？　あの初音姫が久蔵の？」

「残念ながらまことのことです」

目を白黒させる弥助に、萩乃は苦虫を嚙みつぶしたような顔でうなずいた。整った顔立ちだけに、憎々しげなその表情が怖い。どうやら萩乃は久蔵が気に入らないらしい。

無理もないと思いつつ、なんでまた久蔵なんだと、弥助は首をかしげた。

初音姫と言えば、たいそうな面食いで、一時は千弥に目をつけていたほどだ。久蔵もそこそこ顔立ちはいいほうだが、千弥とは比べ物にならない。

（千にいにこっぴどく振られて、そのあと人間と恋に落ちたって言ってたけど……それにしてもなぁ。千にいに振られたからって、なんで久蔵なんかに惚れるかなぁ?)

わけがわからんと、弥助は腕組みした。

その弥助に、萩乃がにじりよってきた。切れ長の目がつり上がっていた。

「弥助殿」

「あ、は、はい。何?」

「そなたに聞きたいことがあるのです。そなたは久蔵をよく知っているそうですね。久蔵がどんな人となりで、どういう心根の持ち主か、包み隠さず、嘘偽(うそいつわ)りなく、わたくしに教えてほしいのです」

「……なんで?」

「わたくしは姫の乳母として、あの男が本当に姫にふさわしいかを、見定めなければならないのです」

「……萩乃さん、初音姫のおっかさんじゃないの?」

「違います。わたくしは乳母。母君はちゃんと別にいらっしゃいます。ですが、姫をお育てしたのはわたくし。娘も同然の、大切な方なのです。不幸になるとわかっていて、この恋を貫かせるわけにはいかないのです」

さあ早くと、萩乃は弥助を睨んだ。目が白く光り始めている。

「今、王蜜の君が白嵐様を術で抑えてくださっています。ですが、そう長くはもたないと、王蜜の君自身がおっしゃっていました。急を要するのです。久蔵はどんな男ですか？　さあ、きりきりと話してください！」

「は、はい！」

一喝（いっかつ）され、へどもどしながらも弥助は久蔵のことを話していった。

ごくつぶしで、ろくでなしで、女ったらしで、どうしようもない遊び人。

楽しいことが大好きで、苦労と説教と男が大嫌い。

粋人（すいじん）を気取ってはいるが、少し前まであちこちでつけをためこみ、年がら年中支払いの催促をされていた。よって、逃げ足にかけては獣（けもの）並み。

趣味は弥助をからかっていじめること。

好物は酒と天ぷら。

嫌いなものは胡瓜（きゅうり）。

次から次へと、久蔵について話せることに、弥助は自分で驚いた。だが、考えてみれば、久蔵とも長い付き合いなのだ。知っていることが多いのも当たり前だ。

ようやくしゃべりつくし、弥助は一息ついた。

それまで黙って聞いていた萩乃も、深いため息をついた。

「やはり……ろくでもない男のようですね」

「そりゃもう。あいつはろくでなしだよ。これまであちこちの女の人と付き合ったらしいけど、長く続いたことはいっぺんもないんだ」

「ますますもってけしからぬこと」

「うん。あ、でも……」

「でも？」

「あいつ、長続きはしないんだけど……きれいに別れるんだよね。少なくともあいつは……女の人を泣かしたことはないはずだよ」

「……」

「そういや、長屋のおかみさんやじいさん連中の頼みごとは、けっこうまめに引き受けてやっているみたいだし。面倒見は……いいほうだと思う」

萩乃はあきれたように弥助を見た。

「そなたはあの男を嫌っていると聞いていたのですが」

「嫌いだよ、もちろん！　大嫌いさ！　だけど……芯から見下げ果てたやつってわけでもないってことだよ。生き物をいじめたり、弱いやつをなぶったり、そういう本当に嫌な真似はしない。それは確かだよ」

しゃべっているうちに、弥助はなにやらむかむかしてきた。

なんで俺はあいつをかばうようなことを言っているんだ？　考えるのも嫌な相手のことなのに。ああもう、馬鹿馬鹿しい！　やめたやめた！　もうこれ以上は一言だって久蔵のことは語らないぞ。

むすっと、弥助は口を閉じてしまった。

しばしの沈黙のあと、萩乃は静かに尋ねた。

「姫は……幸せになれると思いますか？」

「そんなこと、俺にはわかんないよ」

「そうですね。……ああ」

ふいに萩乃はため息のような声をあげた。

「どうかした？」

「……王蜜の君の術が破られたようです」

「えっ？」

「白嵐様がここにおいでになる前に、わたくしは逃げます」

すっくと立ち上がり、乱れのない裾さばきで襖の方へと向かう萩乃。最後に弥助のほうを振り返り、少しだけ微笑んだ。

「礼を言います。よくぞ色々と教えてくれました。……白嵐様に、帰りの駕籠は用意させますので、どうぞお許しくださいと伝えてくださ い」

そう言って、萩乃は襖の向こうに消えた。

それと入れ違いに、血相を変えた千弥が座敷に駆けこんできたのだ。

五

久蔵は殺風景な小部屋に入れられていた。家具はいっさいなく、板張りの床がとても冷たい。

「ここはきっと、納戸か物置だね」

まあ、牢でないだけましと言えよう。手足も特に縛られてはいないし、小部屋の中なら動き回ることができる。

だが、どういうわけか、出入り口である戸には近づけなかった。近づこうとすると、ばりばりっと、手痛い小さな雷のようなものが嚙みついてくるのだ。

何度か試したあと、久蔵は外に出るのをあきらめた。

「いいさいいさ。猫のお姫さんが止めてくれたから、この先殺されることはないだろうし。向こうが出てくるまで、おとなしくしとくさね」

こういうところで久蔵は肝が据わっていた。

そのままずいぶん待ったと思う。

「招かれざる客ってことはわかってる。だからお茶を出せとは言わないけど、せめて座布団くらいは差し入れてほしいんだがねえ」

いい加減、尻が冷たくなってきて、ぶつくさつぶやいた時だ。

からりと、軽い音を立てて、戸が開いた。

さっきの怖い女かと、首をすくめかけた久蔵だが、相手を見るなり、拍子抜けした。

「おや、ま……」

「失礼いたしやす」

頭を下げて入ってきたのは、人の子ほどもある大きな蛙だった。鮮やかな青緑色の体に、茶色の半纏を羽織り、ねじり紐のような黒と赤の帯をしめている。奴風に裾をからげて、ふんどしがのぞいているところを見ると、どうやら雄であるらしい。

蛙は久蔵の前にぺたぺたと歩いてくると、きちんと手をついて頭を下げてきた。

「手前は、青兵衛というものでございやす。この屋敷にて姫様付きの小者として働いておりやす。どうぞお見知りおきを、久蔵殿」

久蔵はすぐには言葉を返せなかった。蛙が口を利いたことにはむろん驚いたが、どちらかというと、その態度に感心したのである。

なんてこった。どこかの小僧よりずっと礼儀正しいじゃないか。

「あ……ああ、うん。こちらこそよろしく頼むよ。えっと……青兵衛、さん。おまえさんの言う姫様ってのは、初音ちゃんのことだね？」

「はい。さようでございやす」

青兵衛は大きな目玉をぐりっと動かし、まじめくさってうなずいた。

「じつはその姫様のお乳母（うば）、萩乃様より伝言を承ってきたんでございやす。聞いていただけやすか？」

「ああ、いいとも」

居ずまいを正す久蔵に、青兵衛はすらすらと伝言を述べていった。

「華蛇族（かだぞく）の初音姫が乳母、萩乃より、久蔵に申しつける。人の身でありながら我が姫をたぶらかしたこと、まこと許せぬことではあるが、猫の姫君のおとりなしもあり、なにより初音姫が汝（なんじ）を慕（した）うこと、これしようもなし。なれど、人とあやかしの隔たりは深きもの。汝がまこと、我が姫を受け止める度量があるか、見定める所存なり。よって三つの試練を与える。ふたたび初音姫とまみえたくば、試練を乗り越えてみせよ」

以上でございやすと、青兵衛はもう一度頭を下げた。

久蔵はしばらく黙っていたが、やがてぽりぽりと頬をかいた。

「そういう大事なことは、普通、自分で伝えるもんじゃないのかねぇ」

「今、久蔵殿の顔を見たら、抑えが利かなくなりそうだということでございやす」

「抑え？」

「へい。ここで八つ裂きにしてしまっては、猫の姫様にも申し訳がないとのことで、手前が伝言を承ったんでございやす」

「……あ、そうですかい。俺も派手に嫌われたもんだねぇ。ちょいと落ちこむよ。普段はああいう年増には受けがいいんだけど」

久蔵の軽口に、青兵衛は慌てて口に指を当てた。

「ししっ！　お気をつけて。萩乃様を年増呼ばわりするなんて、き、危険なことでございやすよ」

「でも、青兵衛さんは告げ口なんかしないだろ？」

「……しやせんよ」

男と蛙は目と目を交わし、どちらともなくにやりとした。

ふうっと久蔵は息をついた。

とりあえず命の危険はないとわかった。がんばれば、また初音にも会えるという。希望を持てたことで、ずいぶん気持ちが楽になった。

「しかし、三つの試練ねぇ。何を試されるんだろう？　おまえさん、何か知っちゃいないかい？」

「何も存じやせん。萩乃様の胸一つかと」

「そうかい。……できれば、力業、荒業を使わなきゃならないってのは、勘弁してもらいたいねぇ。俺は非力な粋人で、箸より重たいものは持ちたくないんだよ。ねえ、そこんとこ、青兵衛さんから萩乃さんに頼んでもらえないものかね？」

「御冗談を。ただでさえ苛立っておられる萩乃様に、余計な口出しをしようものなら、手前が食われてしまいやす。こう見えても、手前は妻子持ちなんで」

「え？　そうなのかい？」

「へい。女房と五十六匹のおたまじゃくしを抱えた身でございやす。子供らに無事に手足が生えるまでは、死にたくございやせん」

きっぱり言われ、こりゃ申し訳ないと、今度は久蔵が頭を下げた。

ともかくと、青兵衛は立ち上がった。

「これにて伝言はお伝えしやした。外に駕籠を待たしてございやす。案内いたしやすので、ついてきてくださいやせ」

「え？　どこに行くんだい？」

「人界でございやす。久蔵殿を無事、人界まで送り届けよと、萩乃様に申しつけられておりやす」

「おや、ここで試練を受けるんじゃないのかい？」

「いいえ。どんな試練にするか、考えねばならぬゆえ、久蔵様にはしばらく自宅にて待機していただきたいとのことで」

「……そうかい」

なんとも嫌な予感に、久蔵はぶるっと身震いした。

おそらく、久蔵にろくでもないことをやらせようと、萩乃はあれやこれや考えているに違いない。

「これはよほど覚悟を決めておかなくてはなるまいね」

久蔵はへそのあたりに力をこめた。

とにかく、華蛇族の屋敷をあとにすることになった。駕籠に乗りこむ前、一目初音に会っておきたいと願ったが、それは叶えられなかった。

せめてと、久蔵は言伝(ことづて)を頼んだ。

「初音ちゃんによろしく伝えてほしいんだよ。これからしばらく会えそうにないけど、体に気をつけてと。あと、俺がなんとかしてみせるから、迎えに行くまで泣くんじゃないよって伝えてほしい」

「……お伝えいたしやしょう。さ、駕籠へどうぞ。手前もお伴いたしやす」

そうして、久蔵は自宅へと戻されたのだ。

久蔵を駕籠から降ろしたあと、青兵衛は言った。

「それじゃ、手前はこれにて。萩乃様が何を試練にするかを決められたら、また改めてお伝えしにまいりやす」

青兵衛達は夜の闇へと去っていった。


数日後の夜、ふたたび青兵衛がやってきた。萩乃が第一の試練を決めたのだ。

久蔵は顔をこわばらせ、青兵衛を見つめた。

この数日、どんな試練になるだろうと、あれこれ思い浮かべていた。鬼と戦うのか。幽霊と肝試しをするのか。仙人と知恵比べなどというのもあるかもしれない。

いずれにせよ、一筋縄ではいかないに決まっている。覚悟はできた。さあ、言え。言ってくれ。

だが、実際に言い渡された試練は、思いもよらぬものだった。

久蔵は絶句し、それから真っ青になった。

そして……。

ふたたび太鼓(たいこ)長屋の千弥達のところに駆けこんだのだ。

六

弥助ははなから不機嫌だった。隣に座る千弥も、苦り切った顔をしている。

その二人の前に這いつくばるようにしながら、久蔵はひたすら頼みこんだ。

「ほんとに、ほんとにすまない。こうなっちまったのは、俺としてもほんとに不本意なんだよ。だけど、向こうはこっちの都合なんか、お構いなしなわけで」

「……なんでいつも、おまえの騒動に巻きこまれなきゃならないんだよ！　もうほっといてくれよ」

「そうですよ。あとは自分でなんとかすると言うから、王蜜の君を呼んだのに。あのあと、弥助がどんな目にあったか、知っているんですか？　萩乃とかいう乳母年増に興味を持たれて、華蛇の屋敷に連れていかれたのですよ」

「えっ、お、おまえもあの屋敷に行ったのかい？」

びっくりする久蔵を、弥助は睨みつけた。

「無理やり連れていかれたんだよ！　誰かさんのことをあれこれ聞かれてさ。もうすっごく不愉快だったんだからな！」

「そうですよ。私と急に引き離されて、この子がどんなに怖い思いをしたことか。それを考えると、許せるものも許せなくなる。しばらくは久蔵さん、あなたの声も聞きたくない。お引き取りください」

「そうだ。帰れ帰れ！」

かたくなな態度の二人を、久蔵は必死で拝んだ。

「頼むよ。手を貸してくれ。俺が嫁取りできるかどうかの瀬戸際なんだ。お、俺が一生独り者になってもいいってのかい？」

「別に、華蛇の姫にこだわらなくたって、いいじゃありませんか」

「へ？」

「探せば、もっといい娘さんが見つかるかもしれない。その人と所帯を持てばいい話でしょうが」

「せ、千さん……」

さすがに久蔵は涙目になった。

「この状況で、よくそういう薄情なことを言えるねぇ」

「私には関係ありませんから。それに、人の色恋沙汰に口や手を出すのは野暮天と、以前言っていませんでしたっけ？」

「それとこれとは話が別だよ！　なんだい、冷たいねぇ。もっと親身になってくれたっていいじゃないか。友達の危機なんだよ？」

「千にいはおまえの友達なんかじゃないぞ！」

「お黙り、こわっぱ！　俺と千さんはただならぬ大親友だって、いい加減認めたらどうだい！」

「絶対認めない！」

「そうやって千さんを独り占めしようたって、そうはいかないよ。だいたい、そういうおまえだって、俺の友達だろう？」

「何言ってんだ、馬鹿！」

げしっと弥助に蹴飛ばされたが、久蔵はひるみもせず土下座した。

「頼むよ。向こうはなんでか知らないが、俺に妖怪の子供の面倒を見させる気でいるらしいんだ。これから三回、一人ずつ子供を送ってくるらしい。それぞれの子の世話をしろって。一度でも音をあげれば、それで終わり。そう言うんだ」

このままじゃお手上げだと、久蔵は頭をかきむしった。

「俺は妖怪には詳しくない。その子供と言ったら、なおさら厄介に決まってる。だから、色々教えてもらいたいんだよ。……弥助、おまえ、妖怪の子預かり屋なんだろ？」

「な、なんで知ってるんだよ？」

「青兵衛さんが教えてくれたからさ。ああ、青兵衛さんってのは、初音ちゃんのところに仕えている蛙だよ。青くなる俺に、ここに行けと助言をくれたのも青兵衛さんだ」

「蛙め、余計なことを」

唸る千弥を無視し、久蔵は弥助の顔をのぞきこんだ。

「それじゃ、ほんとなのかい？　妖怪の子供を預かってるってのは？」

「……そうだよ。子預かり妖怪のうぶめの手伝いをしてるんだ。毎晩じゃないけど、それなりに妖怪達が子供を預けに来る。だから、おまえの手伝いをする暇なんてない」

「そうつっけんどんに言うんじゃないよ。何もただ丸投げしようって言うんじゃない。ただ、子供が来たら、どう世話をしたらいいか、ちょいと教えてほしいって言ってるだけであって……だいたいだよ。お乳母さんがこんな試練を考え出したのも、元はと言えば、おまえが余計なことをあれこれ言ったからじゃないのかい？」

「なっ！　言いがかりつけようってのか！」

「もういい。十分です。久蔵さん、出ていってください！」

「あ、待って。待ってくれ。言いがかりとかじゃないから。落ち着け。まずは落ち着こう、千さん。弥助も。な？」

慌ててなだめる久蔵に、千弥はこの上もなく冷たく言い放った。

「だいたい、久蔵さんを助けて、それがなんになると言うんです？　そちらは嫁取りができてご満足かもしれませんが、こちらは迷惑かけられてばかりの大損で、一つもいいことがない。なにより、私と弥助が過ごす時がさらに削られてしまう。ただでさえ子妖達に邪魔されてばかりだというのに。百害あって一利なしです」

そこまで言うかと、今度は久蔵が唸った。だが、もちろんあきらめはしなかった。

「そ、それじゃお駄賃をちゃんと出すから！」

「お駄賃？」

「そう。ご褒美でもなんでも。えっとえっと……そうだな。俺がもし、無事に嫁取りできて、この太鼓長屋の大家になった暁には……千さんから家賃はいただかない。ずっとずっと、ただでここに住んでいいから！」

高らかに叫ぶ久蔵に対して、千弥と弥助の反応は鈍かった。二人は顔を見合わせた。

「どう思う、弥助？」

「うーん。なんか、いまいち。ここの家賃、そんなに高くないし」

いですよ」

「だねぇ。私の稼ぎで十分払える額だし。というわけで、久蔵さん、それじゃそそられな

「それじゃ、ど、どんなのならそそられるって言うんだい？」

「そうですねぇ」

腕組みする千弥に、弥助がささやいた。

「考える必要なんかないよ、千にい。こいつが差し出してくるものなんて、どうせろくでもないに決まってるんだから。それより、とっとと追い出しちまおうよ」

「まあまあ、そういうもんじゃないよ。少し考えさせておくれ」

弥助をなだめたあと、千弥はふと思いついたような顔となった。

「……そういえば、親戚が大百姓で、鶏をたくさん飼っているって、前に言っていませんでしたか？」

「あ？　ああ、うん。言ったかもしれないね」

「確か、産みたて卵をいつも届けてくれるとか」

「うん。そうだよ」

それがいいと、千弥は破顔した。

「卵は弥助の好物だし、体にもいい。これからはその卵、うちにも回してください。そう

してくれるなら、お手伝いしようじゃありませんか」

「千にい！」

「いいじゃないか、弥助。卵、おいしいよ。体にいいよ。それが毎日食べられるなら、とても贅沢じゃないか」

「た、確かにそうだけどさ……」

卵かけごはんに卵雑炊、甘い卵焼き、ふわふわ卵の味噌汁、しっかり味のしみた煮卵。考えているうちに、弥助は気持ちがぐぐっと傾いてきた。

「ま、悪くないか」

「そうとも。悪くないよ」

俄然その気になる二人を前に、久蔵は少し釈然としない顔をしていた。「俺の嫁取りの値は、産みたて卵かい……」と、ぶつくさつぶやく。

ここで、弥助はあることに気づいた。思わずまっすぐ久蔵を見た。

「子供を預けられたら、どこで世話をする気だい？……まさか、こことか言わないよな？」

「……やっぱりだめかい？」

「だめに決まってんだろ！」

髪を逆立てながら、弥助は怒鳴った。

「久蔵に居つかれたんじゃ、狭くってたまんないよ！　だいたい、同じ空気を吸うのも嫌なくらいなのに、ずっと一緒だなんて、ぞっとする！」

「おまえね。人をげじげじみたいに毛嫌いするんじゃないよ」

「おまえなんか、げじげじ以下だ。とにかく、絶対だめだからな！　千にい、これだけはやめさせて。頼むから」

「もちろんだよ。この部屋は狭いしね。それに、男三人、川の字で寝るなんて、久蔵さんもいやでしょう？」

「あ、うん。それはいやだね」

久蔵はあっさり引き下がった。

「まあ、そう怒った猫みたいにふうふう言うんじゃないよ。俺はもともと離れで寝起きさせてもらってるんだよ。親や女中はめったに離れには来ないからね。そこでなら妖怪の子供を預かっても大丈夫だと思う。それに、いざという時のための隠れ場所も、いっぱいこしらえてあるし」

「……自分の離れにそんなものこしらえているのか？」

「備えあれば憂いなしって言うだろう？　とにかく、裏手の木戸はいつも開けておくから。

ちょくちょくこっちの様子を見に来ておくれ。手は貸してくれなくていい。助言をしてくれれば、それでいいから」

わかったと、弥助はうなずいた。

それからさらに二日後、青兵衛が一人目の子供を連れてきた。

七

第一の試練として、青兵衛が連れてきたのは、五歳くらいの男の子だった。見た瞬間に、久蔵はひるんだ。とにかく、ぞっとするほど汚いのだ。

姿は人だが、到底、人には見えなかった。体を覆っているのは、ぞうきんだかなんだかわからない、しみだらけのぼろ。そこからのぞく肌は、垢でがっちり覆われて、茶色に変じている。おそらく風呂になど入ったことがないのだろう。

髪は長く、ぼさぼさで、顔をすっかり隠してしまっている。まるで松ぼっくりが人の首の上に載っているかのようだ。しかも、これまた何年も洗っていないのだろう。髪は脂でべたべたで、固くもつれあっている。

これだけ汚いのだから、当然ながら臭いのほうもすごい。部屋が、いや、離れ全体がみるみる悪臭に侵されていくのがわかるのだ。客人への礼儀から、久蔵は鼻をつまみそうになるのを必死でこらえなければならなかった。

しかもだ。子供には、これまた恐ろしく汚い男が付き添っていた。年季の入った汚れ具合から見て、間違いなく子供の父親だろう。こちらは髪を二つに分けていて、がりがりに痩せた貧相な顔があらわとなっている。見ているだけで辛気臭くなるような、なんとも言えない顔なのだ。

（これはまた……お、俺が見たことあるどんなおこもさんよりもひどいもんだ）

ひたすらおののいている久蔵に、青兵衛が二人を紹介してくれた。

「こちら、貧乏神の災造様、その御子の辛坊様でございやす。久蔵殿には辛坊様のお世話をしていただきやす」

「び、貧乏神……」

なるほど。貧乏神であったのか。

今までこれほど納得がいったことはなく、久蔵は少し感動してしまった。

「まさか貧乏神が所帯持ちだとは思わなかった……お仲間ってたくさんいるのかい？」

にっと、父親の災造のほうが笑った。しゃれこうべの笑顔もかくやと言わんばかりの、なんともぞっとする笑みだ。

「そりゃもう。たくさん、たくさんおりますとも。あたしらはみんな子沢山なもので」

「……道理で金持ちが少ないわけだよ」

久蔵は力なくつぶやいた。

「それで？　世話をするって、いつまでだい？」

「さて、それがわからぬのですよ」

災造は肩をすくめてみせた。とたん、ぼろぼろと、何かが体からこぼれる。ふけ、なのだろうか？　なんだか、ぴょんぴょんと小さく跳ねているようにも見えるが。

いや、気のせいだ。うん、気のせいだ。

床から無理やり目を離し、久蔵は災造に尋ねた。

「わからぬって、どうして？」

「あたし、これから大事な会合に行かなきゃならないんですよ。それがほんとにいつ終わるのか、わからないものでして。運が良ければ一日ですむんですが、下手すると数月かかることもある」

「……それじゃ、おたくの子を数月預かることもありうると？」

「さようで。いやあ、助かります。なにしろ、うちの子を預かってくれるところが、なかなか見つからないもので。ほんと、恩に着ますよ」

にっと、また貧乏神が笑った。その笑顔に、久蔵はすっかり力を失ってしまった。気力という気力が抜けていき、何もかもどうでもいいという空しさでいっぱいとなる。

「それじゃ、よろしくお頼み申します」

そんな声が遠くから聞こえた。

久蔵がはっと我に返った時には、災造と青兵衛はいなくなっていた。だが、貧乏神の子供はしっかりと残っていた。

「夢じゃ、なかったか……」

とほほと思いつつも、少し気力が戻ってきた。というより、腹が立ってきたのだ。

あの乳母め。よりにもよって、貧乏神の子を送って寄こすとは。

これほどの嫌がらせはない。冷笑を浮かべた萩乃の顔が目に浮かび、むかむかした。

「俺がすぐに音をあげると思ってやがるね。上等じゃないか。こうなったらきっちり世話をしてみせるよ。どこぞの子狸なんか目じゃないってこと、見せつけてやる！」

気合をこめて立ち上がったあと、久蔵は貧乏神の子に話しかけた。

「さてと、えっと、辛坊だったたね。俺は久蔵って言うんだよ。おとっつぁんが迎えに来るまで、俺と仲良くやっていこうじゃないか。な？」

「……うん」

辛坊が小さく返事をした。とたん、ぱらぱらと、辛坊の体から何かがこぼれた。ごみか、ふけか、それとも……。

顔をひきつらせ、久蔵は慌てて言った。

「と、とにかく、まずは体を洗おう。ね？　いいね？　体を洗うよ？」

「……風呂？」

「そうだよ。風呂は嫌いなのかもしれないけど、ここは我慢しておくれ。ね？　我慢できるだろ？」

「……んぅ」

「頼むよ。あ、そうだ。いい子にしてくれたら、飴をあげるから」

飴と聞いて、辛坊は心が動いたようだ。小さくうなずいた。

よしとばかりに、久蔵は動きだした。風呂屋に行くことは考えなかった。辛坊のありさまがひどすぎたからだ。これでは風呂屋に入れてもらえないだろう。

幸い、ここの庭には小さな池がある。その水を使って、汚れを落とすつもりだった。今は夏だし、風邪をひくこともないだろう。とにかく、このままでは同じ屋根の下で過ごすなど、とてもとても無理だ。

早く、早くきれいにしてやらなければ。

その一心で、久蔵は母屋から大きな盥を持ち出し、辛坊を庭へと連れ出した。池の水を盥に汲み上げながら、ぼろを脱いでおくように言った。辛坊はおとなしく従った。

盥に水を張り終えると、久蔵はたすきがけをし、いよいよとばかりに振り返った。裸の子供を見たとたん、ため息が出た。

黒い。あまりに黒くて、夜の闇に溶けこんで、見えなくなってしまいそうだ。これは心してかからねば。

まずは怖がらせないよう、水で濡らした手ぬぐいを使うことにした。

「それじゃ、体をふいていくからね。ちょいとこすりもするけど、痛かったら痛いって言っておくれよ」

「……うん」

辛坊に近づくのは、なかなか勇気がいることであった。すさまじい臭いがするのだ。鼻どころか、目にまで衝撃が来るような、強烈な悪臭だ。

涙目になりながらも、久蔵は必死で耐え、子供の体を濡らした手ぬぐいでこすり始めた。ぴょんぴょんと砂粒みたいな虫が飛びついてきた気がしたが、無視した。一度気にしてしまったら、手が止まってしまいそうだったからだ。

手ぬぐいがみるみる黒くなっていく。盥の水もだ。

ありったけの手ぬぐいを使い切り、じゃんじゃん水を取り替え、ようやくそれなりにきれいになってきた。

が、髪のほうはもつれがひどく、とてもではないが手に負えなかった。水をかけ、ていねいに指先でほぐそうとしたが、べたべたを通り越し、髪の束がかちかちに固まってしまっていて、どうにもならない。だが、放っておくわけにもいかない。この髪が一番ひどく臭ったからだ。

「しかたないね。……ね、辛坊。悪いんだけど、髪を短く切らせてもらえるかい？　いくらなんでも長すぎるしね。このままじゃ、おまえさんがどんな顔をしているのかもわからない。それに、こんなに髪がかかっていたら、目が悪くなっちまう。……いいかい？」

しぶしぶという感じで、子供はうなずいた。

久蔵はこれまた素早く動いた。子供の気が変わらぬうちにと、急いで盆栽棚に置いてあったはさみをつかむ。木の枝をぱちぱち切り落とすはさみだ。かちかちになった髪を切るにはもってこいだ。

ばちっ！　ばちん！

大きな音を立てて、髪の束が地面に落ちだした。松ぼっくりのようだった頭が、次第に短く刈りこまれていく。最後にはいが栗のようになった。

ここでようやく久蔵は手を止めて、しげしげと子供をながめた。ずいぶんさっぱりしたものだ。目立つ汚れは全部落としたし、臭いもだいぶとれた。とりあえずはこれでいいだろう。

体をふいてやり、もう一度部屋に入れた。ご褒美の飴玉を口に入れてやったあと、久蔵は言った。

「今着替えを取ってくるよ。ちょっと待っておいで」

そう言い置いて、久蔵は母屋のほうへと忍んでいった。向かった先は、母の部屋だ。

「うちのおっかさん、俺の小さい時の着物を全部取っているんだよねぇ。俺の子供が生まれたら着せてあげるんだって言うけど、女の子が生まれたらどうする気なんだろうか？」

昔はあんなにいい子だったのにねぇと、母が小さな着物をなでながら思い出に浸っていることなど、露ほども知らぬ久蔵なのだ。

母の箪笥から適当に夏物を取り出し、久蔵は離れにとって返した。

貧乏神の子、辛坊はちゃんと待っていた。きれいになったとは言え、裸の体は骨がくっきりと浮かび上がっていて、見ているだけで痛々しい。

だが、それだけではない。その子がいるだけで、どんよりと、部屋中が暗く湿って見えるのだ。

それは着物を着せても同じだった。

古いとは言え、ちゃんと手入れされた着物。そもそも、布地自体が上物だというのに。

さっきのぼろをまとっていた時と、あまり変わらなく見えるのは、いったいなぜだろう。とにもかくにもみすぼらしくて、久蔵は頭をかきむしった。さすがは貧乏神。一筋縄ではいかぬということか。

「くそ……とにかく、おまえさんは痩せすぎだ。きっと、それがいけないんだよ。そのがりがりの手足を見てると、こっちがぞっとしちまう。ええい、もう！　こうなったら、目いっぱい食わせて、太らせてやるからね。覚悟おし、貧乏神！」

久蔵はとりあえずとばかりに、戸棚にしまってある菓子を全部出した。

まんじゅう、かりん糖、金平糖(こんぺいとう)、あられ、いり豆。

「さ、お食べ。遠慮はいらない。がんがんどしどし、お食べ」

貧乏神とはいえ、そこは子供だ。辛坊は痩せた顔にかすかな笑みを浮かべ、菓子をぽそりぽそりと食べ始めた。勢いはない。だが、淡々とたいらげていく。いくらでも腹に入っていくようだ。

やれやれと、久蔵は床に座り、壁によりかかった。一気に疲れがのしかかってきた。この半刻(はんとき)あまりで、十くらい歳をとってしまった気分だ。

この子の寝床はどこにしてやろう？

そんなことを考えているうちに、いつの間にか寝入ってしまった。

目覚めた時には、朝になっていた。がっつり眠りこんでしまったのかと、久蔵は頭をかきながら部屋の中を見回した。

とたん、しつこく残っていた眠気が吹っ飛んだ。

いない。貧乏神の子がいないのだ。子供がいた場所には、きれいに食べつくされた菓子の包み紙や空の小鉢が床に転がっているだけだ。

どこかに逃げたのか。それとも退屈になって、遊びに出かけてしまったのか。どちらにしても、非常によろしくない。

「まずい。こりゃまずいよ。お、おい、辛坊！　辛坊ったら！」

おろおろしながら、部屋の中を駆けずり回りそうになった時だ。

小さな返事があった。

「ここ……」

「し、辛坊？　いるのかい？　ど、どこだい？」

「ここ」

あの子はこの部屋にまだいる。

それがわかっただけでも、ずいぶん冷静になれた。

胸を撫で下ろしながら、久蔵はまわりを見た。

今の声から察するに、うんあそこだ。あの押入れしか考えられない。

久蔵は押入れの戸を開いた。

はたして、貧乏神の子はそこにいた。膝を抱えて、小さな隙間に座りこんでいる。その姿はなんともしっくりしていた。ずっと前からこの押入れに住んでいたような雰囲気をかもし出しているのだ。

それに伴い、押入れは一気に古臭くなったようだった。あちこちがやたら暗くよどんで見え、じめじめとして、今にもきのこが生えてきそうな感じが、いかにも貧乏神の住まいらしい。

辛坊を見つけられて嬉しいやら、押入れを台無しにされて残念やらと、久蔵は複雑だった。

「そこにいたのかい。……そこが気に入ったのかい？」

「うん」

「そうかい。……それじゃ、そこは辛坊の部屋にしてやろうかね。あとでそこの行李(こうり)を出してやるよ。そうすれば、もう少し広くなって、寝られるくらいにはなるだろうから。それにしても……あんまり変わっちゃいないねぇ」

明るい中で見ると、貧乏神の子はますますみすぼらしく見えた。こぎれいになり、こぎれいな着物を着ているはずなのに、なんなのだろうか、これは。

首をひねる久蔵に、辛坊がそっとささやきかけた。

「おなか、へった……」

「え？　あ、そうなのかい？　昨日の菓子だけじゃ足りなかったかい？」

「うん」

「そうかい。わかった。それじゃ、今度はちゃんとした飯を持ってきてやるからね。そこに入って、待っておくれ。俺以外の誰かが入ってきても、出てきちゃだめだよ。いいね？」

「うん」

辛坊は自分で押入れの戸を閉めた。

久蔵は少しほっとした。どうやら辛坊は暴れん坊ではないらしい。それだけでもずいぶん助かるというものだ。そこら中を走り回り、大声で笑ったり泣いたりするようなやんちゃ坊主だったら、この何倍も大変だったに違いない。

「ちょっとは運がいいってことかねぇ」

そんなことをつぶやきながら、久蔵は母屋に向かうため、離れを出た。

と、庭のほうがなにやら騒がしい。父と下男下女が集まって、なにやらしゃべっている。

「あそこは……昨日、俺が辛坊を洗ってやったあたりじゃないか？　何かあったのかね？」

心配になり、久蔵は何食わぬ顔をして近づいていった。

「おはよう、おとっつぁん。伊太郎さんもおたねさんも、朝早くからご苦労さん」

「あ、こりゃ若旦那。おはようさんで」

「久蔵。おまえがこんな早起きするなんて、珍しいねぇ」

「なに。がやがやしてるから、目が覚めちゃって。ところで、どうしたんです、おとっつぁん？　何を騒いでるんです？」

「うん、それがねぇ」

久蔵の父、辰衛門はいやそうに顔をしかめ、池のそばを指差した。

「どうやら、たちの悪い獣が忍びこんで、悪さをしていったようなんだよ」

「獣？　悪さ？」

「そうだよ。ごらん。池の水が真っ黒になってるだろう？」

「ほんとだ……」

「それにほら、あっちこっちに汚れが飛んでいるだろう？　きっと水浴びをした獣が、汚い水気をぶるぶる飛ばしたに違いないよ。おまけに、あたしの盆栽用のはさみにまでいたずらしていったらしい。こっちもべたべたの汚れがついて、とれないったらありゃしない」

「……」

「旦那さん、なんか、いっぱい黒いもんが落ちてるんですが……うわ、臭い！」

「おおかた、獣の糞（ふん）だろうよ。伊太郎、おたね、触るんじゃないよ。あとで一つに集めて、埋めておしまい」

「おお、いやだ！　こんなにたくさん、ここの庭にしていくなんて。なんてやな獣でしょうねぇ」

それは辛坊の髪です。

久蔵は心の中で謝りながら、大いに反省した。ちゃんと片づけておかなかった自分の手落ちだ。だが、真相を話すわけにもいかない。しらばっくれるしかなかった。

と、辰衛門が向き直ってきた。

「久蔵。おまえ、何か見聞きはしなかったかい？」

「えっと……ぐっすり寝ていたもんだから」

「そうかい。しかたない。伊太郎、あとでね、猫いらずを買ってきておくれ」

「毒餌（どくえ）をまくんですか、おとっつぁん」

「そうだよ。こんな悪さをする獣に気に入られちゃ困るからね。うまく餌に食いついてくれれば、退治できるし。だめだったとしても、この家は危ないと警戒して、寄りつかなくなるだろうからね」

「なるほど。さすがは旦那様」

「これこれ、持ち上げるんじゃないよ、おたね。しかし、本当に臭いねぇ。いやだよ。庭の草にしみつかなきゃいいんだけど」

　ここらが退散時だなと、久蔵は思った。

「おとっつぁん。俺はちょいとはずしますよ。朝からこの臭いじゃ、たまったもんじゃない。気持ちが悪くなっちまう」

「そうだね。そうしなさい、そうしなさい」

　一人息子に甘い辰衛門はすぐにうなずいた。いつもの主人の言動に、伊太郎とおたねは苦笑いだ。

　後片付けをしてくれるであろう二人に心の中で頭を下げながら、久蔵は母屋へと逃げていった。そこでは下働きのおつるがせっせと朝餉を作っていた。

「おはよう、おつるさん。今日もきれいだねぇ」

「あら、若旦那。朝のうちにこっちに来るなんて、お珍しいじゃないですか。明日は雪ですかねぇ」

「俺のおかげで、雪が降ってくれるなら、申し分ないね。こう暑い日が続いたんじゃ、干からびちまうもの。ところで、俺の分はもうできてる？」

「できていますとも。もう少ししたら、持っていくつもりだったんですよ」

「あ、今日は俺が自分で離れに運ぶから。いつもうまいもの作ってくれて、ほんとありがとう」

「ふふ。またそんなお世辞ばかり」

まんざらでもない顔をしながら、おつるは朝餉が載った膳(ぜん)と小さなお櫃(ひつ)を久蔵に渡してくれた。それを持って、久蔵は離れに戻った。障子(しょうじ)をぴしゃりと閉じ、ふっと息を吐きながら押入れに声をかけた。

「ほら、飯だよ。出といで」

　辛坊はすぐに出てきて、もそもそと飯を食べ始めた。がっつきはしないが、いくらでも胃袋に入るようで、お櫃が空になるまでは箸(はし)を止めるつもりはないようだ。

一方の久蔵はまったく食欲がわかず、漬け物を少しつまんだくらいで、すぐにやめてしまった。

まあとにかく、飯をよく食べてくれるのはいいことだ。腹が膨(ふく)れれば、子供のことだ。

眠くなるかもしれない。貧乏神の子ということで、最初はどうなるかと思ったが。これは案外、簡単な試練かもしれない。

「汚くさえなくなれば、うん、他の子供とそう変わらないみたいだしね。これなら楽勝、楽勝」

だが……。

その日の正午になる前に、久蔵は弥助達のところに助けを求めに行く羽目となった。

青い顔をして駆けこんできた久蔵に、弥助はいじわるく笑いかけた。

「よう、久蔵。聞いたよ。貧乏神の子を預かったんだって？」

「おまっ！　おまえ、なんで知ってるんだい？」

「玉雪さんから聞いた。華蛇(かだ)のお乳母さんとおまえの勝負、妖怪の間ではだいぶ知れ渡ってるらしいよ。なんにしてもご愁傷様(しゅうしょうさま)」

「あいにくだが、その嫌味に応えてやる余裕はないんだよ、くそがきめ」

「うちの弥助に悪態(あくたい)つく余裕があるなら、どうぞお帰りを、久蔵さん」

「あ、ちょ、ちょっと待った！　そう邪険(じゃけん)にしないでおくれよ、千さん。ほんと切羽詰まってんだから！」

「なんだよ。さっそく音をあげたのかよ。だらしないなぁ」

「お黙り、小僧。断言できるけど、おまえが預かったどの妖怪の子よりも、俺が今預かってる子供のほうが厄介なんだよ」

だから助けてほしいと、息を整えて久蔵は切りだした。

「飯が足りないんだ」

「……なんだい、それ？」

「だから言葉どおりだよ。あの子、あればあるだけ物を食うんだよ。全然腹が膨れないんだ。もっと食いたい食いたいって、まるで底なしだよ。うちはそれなりに金はあるけど、このままじゃすぐにあの子に食いつぶされちまう。だいたい、あの子のことは秘密なんだ。今の調子で食い続けられたら、俺の小遣いが吹っ飛んじまうよ」

「別にいいじゃないか」

情けない顔をしている久蔵に、弥助はにべもなく言った。

「どうせ何もしないで親からもらった小遣いなんだから。俺なんか、お駄賃をもらったことはあるけど、小遣いなんか、一度ももらったことないぞ」

「弥助！　小遣いがほしかったのかい？　だったら、なんですぐに私に言わないんだい？」

「いや、あのね、千にい。俺は別にほしいだなんて言ってないから」

「本当かい？　今からでも小遣い、あげるよ？　いくらほしいんだい？」

「いらないって。俺は久蔵と違って、ただでお金もらうのはやなんだ」

「弥助！　おまえって子はなんて立派なんだい！」

　感極まったように叫ぶ千弥に、久蔵が恐る恐る言った。

「あのぅ、千さん。今はそういう話をしてるんじゃないんだけどねぇ」

「久蔵さん。そういうあなたこそ、弥助の爪の垢でも煎じてお飲みなさい。弥助に比べて、我が身を恥ずかしいと思わないんですか？」

「馬鹿言うもんじゃないよ、千さん。いちいちそんなこと気にしていたら、極道息子なんてやってられるもんか」

　珍しく真っ当なことを言うなと、弥助は少し感心した。

「ま、いいや。話を元に戻そうか。えっと、つまり、貧乏神の子供が飯を食べ続けて困ってるってことだろ？」

「そう。そうなんだよ。どうにかならないかい？　貧乏神の胃袋を満たせる食べ物か何か、知っていたら教えておくれよ」

　手を合わせる久蔵を、弥助はじっと見た。弱り切った様子だ。いつもは粋(いき)な格好をしているのに、今日はそれもぐずぐずと崩れて、妙にくたびれて見える。

まあ、正直、久蔵がいくらくたびれようと、弥助はいっこうにかまわない。だが、貧乏神の子供のことは気になった。食べても食べても空腹というのは、きっとつらいに違いない。

「わかったよ。それじゃ、妖怪の知り合いに今夜聞いてみる。何か知ってるかもしれないから」

「そうしてくれると助かるよ。恩に着る」

「べ、別におまえのためなんかじゃないぞ」

むすっとして弥助はそっぽを向いた。天敵に礼を言われるなど、どうも調子が狂っていけない。

なんとか久蔵を追い返したあと、弥助はため息をついた。

「やっぱりあいつ、嫌いだ」

だが、それでも約束した以上は手を貸してやらねばならない。

その夜、長屋にやってきた玉雪に、弥助はさっそく尋ねた。

「腹を空かせた貧乏神って、どうやったら満腹にできるのかな？」

「ああ、久蔵さんのところにいる子供のことですね」

さてと、玉雪は首をかしげた。

「貧乏神は、あやかしとはまたちょっと違いますので。あのぅ、あたくしもあまり詳しくは知らないのですが……ただ、こんなことは聞いたことがあります」

「何？　何か知ってるんだね？」

「はい。あのぅ、貧乏神に憑かれたり、好かれたりする人は、怠け者でだらしない人が多いそうです」

「へえ、それじゃ久蔵は貧乏神にとびきり好かれるやつってことだ。怠け者でだらしないなんて、まさに久蔵のことじゃないか。今まで取り憑かれなかったのが不思議なくらいだね」

「あのぅ……」

「あ、ごめん。話の腰を折っちまったね。続けてよ」

「あい。もし、貧乏神を追い払いたかったら、あのぅ、とにかく骨身を惜しまず働くしかないのだとか。そうやってがんばっていると、貧乏神は満足して、その人から離れるんだそうです」

ですからと、玉雪は力をこめて言った。

「久蔵さんが自分でがんばって、あのぅ、ごはんを作ったりすれば、もしかしたら貧乏神の子も満足するんじゃありませんか？」

弥助は目を見張った。

「つまり、こういうこと？　久蔵がこしらえた飯なら、貧乏神を満腹にできるかもしれないって？」

「あい。もしかしたらですけど。あたくしも、あのぅ、はっきり知っているわけではないので」

うむむと、弥助は腕組みした。

「久蔵が飯を作るところなんて、全然思い浮かばないな。……あいつ、そういうことできんのかな？　だいたい、骨身を惜しまず働く？　あいつの一番苦手なことじゃないか」

教えてやっても、まず久蔵はやろうとはしないだろう。

だが、約束は約束だと、翌朝、弥助は律義に久蔵に知らせに行ってやった。久蔵が言っていたとおり、辰衛門宅の裏手の木戸は開いていた。そこから入り、離れへと向かった。

「おい、久蔵。いるのかい？」

声をかけると、すぐに久蔵が顔を出した。

弥助はびっくりした。昨日よりもさらにやつれた顔をしている。人好きのする顔立ちがげっそりして貧相になり、なんとなく汚らしいのだ。

「弥助！　よく来てくれたね！　何かわかったのかい？」

「う、うん。まあね」

「そうかいそうかい。それを待ってたんだ。ほら、あがって。おあがりよ」

離れの中は、これまた妙に薄暗く、じめじめとした感じだった。金をかけて建ててあるはずなのに、弥助達の住まいである貧乏長屋とそう変わらない雰囲気なのは、どうしたことだろう？

なんとなくかび臭ささえ漂っていて、弥助はぞくっとした。これが貧乏神がいるということなのか。根っからのお気楽野郎である久蔵でさえ、このありさまなのだ。ぐずぐずしていたら、自分もここに漂う空気に毒されてしまいそうだ。

今、貧乏神の子の姿は見えない。押入れの中で寝ているのだという。起きてきて、顔を合わせてしまう前に、ここを出なければ。

危機感を覚えながら、弥助は早口でわかったことを話した。

「それじゃ何かい？　俺が何かこしらえてやって、それを食べさせれば、辛坊は腹が膨れると？」

「そうじゃないかって玉雪さんは言ってた。確かなことじゃないけど、試してみる価値はあると思うよ」

「わかった。やってみるよ」

「……やるの？」

　またまた弥助は驚いた。さぞや渋い顔をするかと思っていたのに、あっさりうなずくとは。

「ほんとにやるのかい？　お、おまえが煮炊きするの？」

「そうしなきゃならないってなら、やるしかないだろうさ」

「……………」

「なんだい、その顔は？」

「いや、驚いてさ。久蔵にそんな甲斐性があるなんて、思わなかったから」

　久蔵は顔を歪めた。

「がりがりに痩せた子供に、ひもじそうな顔でずっとそばにいられてごらんよ。おまえだって、なんだってしてやりたくなるって」

「そ、そうか。……ま、まあ、がんばれよ」

　俺は帰ると、弥助は立ち上がった。すでに久蔵は上の空だ。何を作ってやったらいいんだろうと、目を閉じてぶつぶつ言っている。

　最後の情けだと思い、弥助は助言してやることにした。

「とりあえず飯を炊いて、握り飯でも握ってやれば？　貧乏神一族は味噌が好物らしいから、握り飯に少し塗って、七輪であぶって焼き握りにしてやれば、より喜ぶかもよ」

「味噌の焼き握りか。うまそうだね。それに、それなら俺でもやれるかな。……うん。それにしてみるよ。ありがとよ、弥助」

「う、うん」

やっぱり久蔵に礼を言われるのは気持ちが悪い。

鳥肌を立てながら、弥助は退散した。


弥助が去ったあと、久蔵は閉じた押入れに目を向けた。

「待ってなよ、辛坊。今、とびきりの焼き握りを作ってきてやるからね」

たすきをかけて、久蔵は母屋のほうに行った。

台所にはちょうど下働きのおつるがいた。後ろから近づくと、おつるは気配に気づいたのか、振り返った。とたん、のけぞった。

「うわっ！　わ、若旦那ですか？　もう！　誰かと思いましたよ。おどかさないでくださいな」

「ごめんよ、おつるさん」

「……大丈夫ですか？　なんだか、顔色が……具合でも悪いんじゃないでしょうね？」

「いや、いつもと変わらず、ぴんぴんしてるよ。それより、忙しいとこ悪いけど、おつるさん、俺に米の炊き方を教えてくれないかい？」

おつるはふたたびのけぞった。

「わ、若旦那が！　米を炊くんですか？」

「そう。ついでに、焼き握りを作りたいんだよ。味噌を塗ったやつね。ねえ、頼むよ。俺のちょいとした気晴らしに付き合うと思ってさ」

「い、いいですけど……本気ですか？」

「本気も本気。大まじめで言ってるんだよ。頼むよ、おつる先生」

「……ほんと熱でもあるんじゃないですかねぇ」

大丈夫かしらとつぶやきながらも、おつるは教えてくれた。

米を研ぐのも、かまどに火を入れて竹筒で息をふきこむのも、ふたが躍る釜に耳を寄せて音を聞くのも、何もかも久蔵には初めてのことだった。とはいえ、もともと小器用な男のこと。すぐにあらかたこつを覚えてしまった。

だが、炊きたての飯を握るのは、なかなか大変だった。

「あちちちっ！　おつるさん！　こんな熱々の飯を握るなんて無理だよ！」

「ほらほら、そんなじっくり手の中で握るから熱いんです。ちゃちゃっと、転がすように握れば、そんな熱くないですよ。よく見ててください」

「……へえ、器用なもんだねぇ。俺がいつも食ってた握り飯は、こうやって作られていたのか」

「ほら、見たらやってみる。ぐずぐずしない！」

「わ、わかったよ。おつるさんって、意外と厳しいとこあるねぇ。あっちちち！」

四苦八苦しながらも、久蔵はなんとか握り飯をこしらえた。形は悪いし、大きさもばらばらだが、とにかく初めて自分の手で作ったものだ。

「この俺が、握り飯を作るなんてねぇ」

感動しながら、久蔵は酒を少し混ぜた味噌を塗りつけ、七輪の上に握り飯を置いた。ほどなく、香ばしい匂いが漂いだし、ようよう焼き握りが出来上がった。

「おほほほっ！　やったやった！」

「ほんと。やりましたねぇ、若旦那」

「ありがと、おつるさん。おまえさんのおかげだよ」

おつるに礼を言い、久蔵は出来たての焼き握りを持って、離れに走って戻った。

辛坊は待っていた。痛々しいほど生気のない目が、久蔵を見る。そのまなざしに、久蔵はどきりとするのだ。こんな哀れな目をした子供がいていいわけがない。たとえ貧乏神の子であろうとだ。

さあっと、久蔵は焼き握りを差し出した。

「ほら、焼き握りだよ。味噌が塗ってある。俺が作ったんだ。食べてごらんよ」

辛坊はすぐさま細い手を伸ばしてきた。大きな焼き握りをぱくりと頬ばったとたん、それまで無表情だった顔が明るくなった。

「おいしい」

子供の口からこぼれたつぶやきが、久蔵の心にしみた。子供を預かってからの様々な気疲れが、一気にぬぐわれた気がした。

ああ、いいものだなと思った。自分が作ったものをおいしそうに食べてくれる相手がいるというのは。

(千さんに飯を作る弥助の気持ち、なんだかわかる気がするねぇ。……初音ちゃんにも今度食わせてやりたいな)

あの子は今、何をしているだろう？　どんなふうに時を過ごしているのだろう？

初音は一途に慕ってくれているが、久蔵にしてみれば、初音は妹のようなものだった。好いた惚れたというより、大事にしたい、笑わせたいという思いのほうが強い。

だが、だからこそ今回のことには頭にきていた。

（百歩譲って、俺が気に入らないってのはしょうがないよ。だけど、あの子の気持ちを無視して、勝手に連れていっちまうなんて、そんな馬鹿げたことがあるかい！　こうなったら、なんとしてでも初音ちゃんを自由の身にしてやらなきゃね。……それから先のことは、また追々考えればいいさ）

そんなことを考えていた久蔵は、ここでふと我に返った。

辛坊が食べるのをやめていた。皿の上には、まだたくさん、焼き握りが残っているのに。

「どうしたんだい？　もう食べないのかい？」

「うん。おなか、いっぱいになっちゃった」

「………」

久蔵はまじまじと貧乏神の子を見返した。

この二日、辛坊は久蔵の五倍は食べている。なのに、決して満たされず、くぼんだ腹が膨れることもなかった。それが、たかだか二つ、三つの焼き握りで満腹になるとは。

瘦せているのは変わらぬが、辛坊はかすかな笑みを浮かべていた。子供らしい、幸せそうな笑みだ。

「それじゃ……もういいんだね？」

「うん。おいしかった」

「そうかいそうかい。……また作ってほしいかい？」

「うん」

「ようし。まかしとき。こうなったら、とことん付き合うよ。そうだ。おまえをまるまる太らせて、かわいい貧乏神にしてみせるからね」

かくして、久蔵は貧乏神の子を太らせるという目標を立てたのだ。

だが、その目標を達する前に、早くも新たな厄介事が持ち上がってきた。

それから二日後のことだ。

その日も、久蔵はせっせと焼き握りをこしらえていた。もはや米を炊くのも、熱々の飯を握るのもお手の物だ。おいしいと、辛坊が目を細めて食べてくれるので、なおさら力が入る。

「しかし、毎日焼き握りばかりってのも芸がないね。よし。次は味噌汁の作り方でもおつるさんに習おうかな」

そんなことを考えながら、七輪の前でぱたぱたと団扇(うちわ)を動かしていた時だ。父親の辰衛門が台所の横を通りすがった。悄然(しょうぜん)とした青い顔で、ただならぬ雰囲気をまとっている。

久蔵は思わず声をかけた。

「おとっつぁん。どうしなすったんです、そんな青い顔をして？」

「ん？　ああ、久蔵かい。今日も焼き握り作りとは、精が出るね。……しかし、なんだかだらしない風体だねえ。そんななりをしてたら、貧乏臭く見られてしまうよ」

「……俺のことは今どうだっていいでしょ？」

　はなはだ不本意なことだが、貧乏神と一緒にいると、どうしても見た目がみすぼらしくなるらしい。粋な格好をしても、風呂に頻繁に入っても、どうにもならない。幸薄そうな、よどみのような何かがまとわりついてしまうのだ。

　今の自分はさぞ落ちぶれた感じがするに違いないと、久蔵は自覚していた。

　だが、そういう辰衛門もまたうらぶれた雰囲気が漂っていた。いつも背筋を伸ばし、堂堂としているのが嘘のようだ。

「おとっつぁんこそ、なんて陰気な顔をしてるんです。そんな顔してたら、おっかさんに愛想尽かしされちまいますよ」

「……そうなるかもしれないね」

「……何言ってるんです？」

　辰衛門は深い深いため息をついた。

「困ったことになっているんだよ。うちが持っている長屋から、どんどん店子が出ていっているんだ」

「店子が？」

「そう。まるで逃げ出すみたいな勢いで、いっせいにだよ。もちろん、理由はそれぞれさ。新しい仕事が決まったとか、親戚のところに行くからだとか。……長く大家をやっているけど、こんなふうに一度に店子が出ていくなんて、初めてだよ。仲間内でも聞いたことがない」

まるで誰かが店子達を追い出しているみたいだと、辰衛門は嘆いた。

「もしくは、呪いでもかけられたのかねぇ」

「……」

「とにかく、こんなことが続いたら、うちはやっていけない。……久蔵。もしものことがあるかもしれない。おまえも少し、覚悟を決めておいておくれ」

肩を落として、辰衛門は奥へと去っていった。

残された久蔵は真っ青になっていた。店子達が出ていき、辰衛門の長屋という長屋が空になりつつあるだと？　疑いもなく、貧乏神のせいだ。自分に迷惑がかかるだけならと、たかをくくっていたが、甘かった。まさか、こんなところに弊害が出るとは。

これまでにも親にはさんざん迷惑をかけてきたが、今回のは桁が違う。即刻なんとかしなければ。

久蔵は七輪も団扇も放り出し、離れに駆け戻った。

「辛坊！　辛坊、起きておくれ！」

「ん？　ごはん？」

「違うよ。悪いが、飯はあとだ。ここから出ていかなきゃならなくなったんだ。支度をするから、起きておくれ」

本当に家が傾いてしまう前に、貧乏神の子を連れ出す。

とりあえず手元にあった金子(きんす)を全て懐(ふところ)に入れ、辛坊の手を引いて、裏手から出た。

早足で歩く久蔵に、辛坊は逆らわなかった。だが、人気のない橋にさしかかったところで、我慢できなくなったように小さく口を開いた。

「我を……捨てるの？」

「捨てる？」

仰天して、久蔵は子供を見下ろした。不安げな顔を見て、しまったと思った。

「まさか。おまえさんを捨てたりなんかしやしないよ」

「………」

「ごめんよ。怖がらせちまったね。ただ、あの家から出なきゃならなかっただけだよ。……俺はさんざん親に迷惑をかけた身だからね。これ以上の尻拭いはさせられないんだよ」

心配するなと、久蔵は明るく言った。

「しばらくはちょいと不自由させるかもしれないけどね。なに、いざとなったら、俺が物乞いをしてでもおまえさんを食わせてやるさ」

「……捨てたりしない？」

「するもんか。いいかい？　おまえさんは大事な預かり子だ。おまえさんのおとっつぁんが迎えに来るまで、とことん付き合うから安心おし」

にっこりと、辛坊が笑った。初めての、満面の笑みだった。

と、その顔がみるみるふっくらとし始めた。同時に、鬱々(うつうつ)とした陰気さが取り払われていく。着ていたお古の着物も、輝くように白い衣へと変じた。

もはやそこにいるのは貧乏神の子ではなく、立派な身なりをしたかわいらしい男の子だった。ぽっちゃりとした丸顔は福々しく、にこにことしていて、とにかく幸せそうだ。

目の前で見ていたのに、まだ信じられなかった。これは、本当に辛坊だろうか。

久蔵があんぐりと口を開けていると、「迎えにまいりました」と、後ろで声がした。

振り向き、久蔵はまた絶句した。そこにいたのは、これまた大黒(だいこく)様の化身かと思えるような、ふくよかな大男だったのだ。まとう衣は紅と金。頭巾(ずきん)をかぶって、にこやかに笑っている。思わず微笑み返したくなる、そんな男だ。

そしてその男に、辛坊は笑顔で飛びついた。

「父様！」

「よかったねぇ、辛坊。おまえも福の神になれたのだね」

「はい」

しっかりと抱き合う二人。仲睦まじげだが、久蔵はめまいを覚えた。

父様だって？

「ちょ、ちょいとごめんよ。邪魔して悪いけど……お、おたく、本当に貧乏神の災造さん？」

「はい。貧乏神の災造だったものですよ」

にっこりと男が笑った。

「このたび、神格が上がり、めでたく福の神になれましてな。名も、斎造と改めました。改めてよしなに、久蔵殿」

「えっと、まあ、よろしく……貧乏神が福の神になれるたぁ、知らなかったよ」

「さよう。それを知る者はそう多くはありますまい」

にこりと、貧乏神だった福の神が笑った。

「我ら貧乏神は怠け者に取り憑きます。ですが、その怠け者が改心し、貧しい日々から抜け出そうと努力すれば、徐々に取り憑いている我らの神格が上がっていく。そして、やがては福の神に転生し、それまで厄介になっていた人間に福をもたらすというわけでして」

「つまり、貧乏神による災いをはねのける努力と根性があれば、いずれは福の神がやってくるというわけか。

なるほどと、久蔵はうなずいた。

「で、おまえさんが福の神になったということは、取り憑いていた人間が努力したってわけだね？」

「はい。ですが、この父が福の神になれるというのに、子が貧乏神のままでは不憫。それで、我が子を福の神にしてくれる人間を探していたというわけでして。重ね重ね礼を言います。よほど心をこめて世話してくれたのでしょうな。そうでなければ、この短い間に、せがれが転じられるはずがない」

しみじみ言われ、久蔵は首をかしげた。確かに大変だったが、そう大仰なことをした覚えはない。体を洗い、飯を食わせ……。子供を預かったからには当たり前のことをしただけだ。

（もしかして、あれか？　物乞いをしてでも食わせてやるって、言ったのがよかったのか？)

と、斎造は我が子をうながした。

「ほら、せがれ。おまえも礼を言いなさい」

「はい。ありがとう、久蔵殿」

深々と頭を下げる福の神親子に、久蔵は尻がむずむずした。長年遊び人と極道息子をやってきたので、感謝されることに慣れていないのだ。

居心地悪くて頭をかいていると、辛坊が久蔵の袖を引っ張ってきた。

「ん？　な、なんだい、辛坊？」

「あのね、福の神になったら、新しい名前にならなきゃならないの。久蔵殿、我に新しい名前をつけて。ねえ、いいでしょう？」

「ああ、それはいいですな。ぜひ、せがれの名付け親になってくだされ」

「いや、いきなりそんなこと言われても」

「そう言わず、ぜひ！」

「お願い！」

福の神達ににこにこ顔でつめよられて、久蔵は早々に降参した。

「わかった。わかったよ。それじゃ……福丸(ふくまる)ってのはどうだい？」

「福丸？」

「そう。福の神にとっちゃ、なんのひねりもない名かもしれないけどさ。……俺が小さい時に、そう呼ばれていたんだよ。親父とおふくろがね、おまえはうちに福をもたらしてくれた、小さな福の神様だって」

「……」

「いや、何も言わなくていいよ。わかってる。うちの親達が親馬鹿だって、ちゃんとわかってるからさ」

「いえいえ」

父神がそれは優しい笑みを浮かべた。

「子を愛しく思う親は皆、程度は違えど親馬鹿なのですよ。……良い名です。ありがたくいただきましょう。せがれや、おまえもそう思うだろう？」

「はい！　我はこれから福丸と名乗ります。ありがとう、久蔵殿！」

小さな福の神はそう言って、久蔵にぎゅっと抱きついたのだ。

「で、福の神親子は嬉しそうに帰っていき、俺は俺で、めでたく第一の試練をこなしたってわけさ。どうだい？　すごいだろう？　お伽噺（とぎばなし）になりそうな、いい話だろう？」

ふんぞり返って鼻息荒く話す久蔵に、弥助は冷めた目を投げかけた。

「そんなことより、おまえのおとっつぁんの長屋はどうなったんだよ？」

「あ、それね。大丈夫大丈夫。貧乏神がいなくなったとたん、空いた長屋に住みたいって連中が押し寄せてきてさ。結局、前より店子が増えて、うちのおとっつぁんもほくほくしてる」

「そりゃよかった。でも、まだ疫病神が居残っているからなぁ。気の毒だよなぁ」

「それって俺のことかい？」

「他に誰がいるってのさ？」

「このがきゃ！　減らず口を！　せっかく幸運を分けに来てやったってのに」

「幸運？」

そうだと、久蔵はうなずいた。

「あれからちょいちょい幸運に恵まれてね。こりゃ福丸達がご利益を残してってくれたせいじゃないかと、昨日試しに博打をしに行ったんだよ。そしたらもう、馬鹿つきってやつでさ。出るわ出るわの大儲け。たんまり稼げたよ。だから、お礼参りもかねて、ここに来たってわけさ」

どさりと、久蔵は後ろに置いていた大きな風呂敷包みを、弥助の前に投げた。

「ほら。助言をくれた礼だ。受け取っておくれ」

「別に礼なんかいらないよ」

「いいから。こういう時は素直に受け取るのが礼儀ってもんだよ」

しぶしぶ弥助は風呂敷包みを開いた。

「……なにこれ？」

「俺が作った焼き握り」

「……多すぎだろ、いくらなんでも。何個あるんだよ」

「さて、四十までは数えていたんだけどね。ま、いいじゃないか。味噌をつけてあぶってあるから、日持ちするし。どうせ、妖怪達がここに来たりするんだろう？　そいつらと食っておくれ。俺からの差し入れだ」

「……わかった。……ありがと」

「そうそう。そうやっていつも素直でいりゃ、おまえもかわいいよ」

「お言葉ですが、弥助は素直でなくてもかわいいですよ」

「……また千さんはそうやってこいつを甘やかすんだから」

やれやれと笑ったあと、久蔵は立ち上がった。

「さてと。お乳母さんが次の試練を思いつくまで、まだ少し時間があるだろう。それまでは、こっちも骨休みだ。福丸達が残していってくれた運が尽きるまで、羽を伸ばさせてもらうつもりさ。ってことで、千さん、今夜はひさしぶりに俺と飲みに行こう」

「おまえ！　それが目的か！」

「ははん。がきはおとなしく家にいて、焼き握りをありがたく食ってなさい」

こいつに与えられた福が、早く尽きてくれますように。

久蔵の足に嚙みつきながら、弥助は心から思った。

八

貧乏神の子が去ってから数日が経ち、しとしとと夏の雨が降る中、ふたたび蛙の青兵衛が久蔵のもとを訪ねてきた。

「お晩でございやす」

「よう、青兵衛さんか。おまえさんがおいでなすったってことは、いよいよ次のお題が決まったというわけだね？」

「へい。そのとおりでございやす」

「そうか。お乳母さんめ、思いつくのが意外に早かったね。……で、次はどんな子なんだい？」

久蔵は思わず身構えた。なにしろ、しょっぱなから貧乏神などという凶悪なものを寄こしたのだ。次はなんだと、いやでも寒気がする。

「……まさか死神の子、なんてことはないだろうね？」

「あ、そりゃ心配いりやせん。死神の君はまだ独り身でございやすから」

「……それはまた、気の毒に」

「へい。なかなかこれぞというお相手が見つからないそうで。選り好みが激しいってのは、どうもいけやせんね。おっと、いけないいけない。話をもとへ戻しやしょう」

「そうだね。ともかく、おあがりよ」

「お邪魔いたしやす」

座敷にあがった青兵衛に、久蔵はすかさず焼き握りをすすめた。

「焼き握り、どうだい？　俺が握ったやつだ。最近ちょいと凝っててね。うぬぼれるわけじゃないけど、うまいよ」

「へ、へぇ。それじゃ、遠慮なくいただきやす」

「そらそら、どんどん食べなさい。そうだ。なんだったら、おかみさんや子供達にお土産に持って帰るといい」

「へぇ……」

もそもそと焼き握りを口にする青兵衛。だが、味が気に入ったのか、にこっとした。

「こりゃ本当においしい」

「そう言ってくれると嬉しいね。じゃ、食べながら話しとくれ。お乳母さんはなんて？」

「へい。明日の夜、次の子供を送り届ける。こたびは三日間、子供を預かるようにと」

「……預かる子はどこの誰なんだい？」

「それはまだ。手前にも知らされてないんでございやす」

それからと、青兵衛は言いにくそうに付け足した。

「こたびは最初に子供の目方を量っておく。引き取る際、子供の目方がちょっとでも減っていたら、覚悟せよとのことでございやす」

「やれやれ。いくらでも飯を食う子の次は、飯を食いたがらない子を寄こすつもりかな？また食い物のことで頭を悩ますことになるのかねぇ。ま、それも大丈夫だろうよ。今の俺には、おつるさん直伝の握りの技があるからね」

もはや怖いものなしだと、久蔵は鼻の穴を膨らませてみせた。

「それに、三日くらいならどうってことない。どうとでもしのげるさ」

なんと言っても、期日が決まっているというのはありがたかった。迎えはいつだと、やきもきする必要がない。

やってくるのは夜だろうから、明日の朝一番に菓子屋に行って、子供が好きそうな甘いものをたっぷり買ってくるとしようか。

あれこれ思案中の久蔵に、青兵衛がそっと声をかけた。

「あのぅ……」

「あ？　ああ、ごめんよ。ちょいと考えこんじまって。すまなかったね。うん。お乳母さんからの伝言、確かに受け取った。ありがと。ご苦労さんだったねぇ」

「いえ、じつは、今宵はもう一つ、御用を承っておりやして」

「御用？」

こくりとうなずき、青兵衛は後ろに置いていた風呂敷包みを前に差し出した。何が入っているのか、かなり重そうだ。

「なんだい、それ？」

「これは姫様から久蔵殿へ」

「初音ちゃんから？……あの子、元気にしてるのかい？」

「へい。そりゃ、時々は目を赤く腫(は)らしてることもございやすが、気丈にふるまっておいでで」

「……そうかい。待たせてすまないと伝えておくれ」

「へい。まま、とにかく包みを解いてくださいやし。姫様ががんばってこしらえたんでございやすよ」

言われるままに、久蔵は包みを解いた。

出てきたのは、二段の重箱だった。黒漆の上に金と銀の鶴の蒔絵がほどこされた、それはそれは立派なものだ。

だが……。

中に入っていたのは、得体の知れない色と臭いを放つものだった。

「……な、なんだい、これ？」

「姫様が久蔵殿を思ってこしらえた弁当でございやす」

「……く、食い物だったのか、これ」

ひきつりながら、久蔵は重箱をのぞきこんだ。

見れば見るほど、食べ物という感じがしなかった。なにしろ、元の食材が何かも定かではないのだ。とにかく、ぎとぎと、べたべたと、全体的に変な光沢が出ている。

なんなのだろう、この紫の塊は？　炭のように焦げているものもあるが、はたして食べられるのだろうか？

なんとも言葉に詰まったが、久蔵はそれでも冗談めかして言った。

「あの子が料理とは泣かせるねぇ。ちょいと、包丁さばきは荒いようだけど。この白っぽいやつなんて、あの子の指かと思ったよ」

「あ、入っているかもしれやせん」

「……」

「姫様は、そのぅ、これまで刃物の類を持ったことがなかったんで」

「切ったのかい、指を？」

「そりゃもう、ずばずばと。あんまり頻繁(ひんぱん)に切るものだから、今では手前の女房が軟膏(なんこう)を持って、すぐ後ろで控えているんでございやすよ」

「……」

かたまっている久蔵に、ぎょろりと、青兵衛は大きな目を向けた。

「食べないんでございやすか？」

「い、いや、うん、食べるよ。食べるともさ」

久蔵は気合を入れ、野菜の煮物らしきものをつまみあげた。それが一番無難に見えたのだ。ぬるぬると光っている生魚の切り身らしきものなどは、食べたら最後という危うさを漂わせている。

目を閉じ、口の中に放りこんだ。

「ぐぶっ！」

舌の上に煮物が触れた次の瞬間、猛烈な吐き気がこみあげた。なんという味だ。とにかく臭くて、硬くて、そのくせ脳天を突き抜けるほど甘い。どぶで野菜を煮て、さらにどっさり砂糖をかけたら、こんな味になるのではないだろうか。

どっと脂汗（あぶらあせ）が出てきた。両手で太ももをぎゅっとつかみ、のたうちそうになるのを必死でこらえる。

顔を赤紫色に変じながら、それでも耐えている久蔵を、青兵衛はじっと見ていた。が、おもむろに懐（ふところ）から大きな赤い瓢簞（ひょうたん）を取り出して、久蔵に差し出した。

久蔵はひったくるようにしてそれを受け取り、がぶがぶと中身を飲んだ。酒でも水でもなんでもいい。とにかく、口の中で暴れている凶悪な味を洗い流さなくては。

入っていたのは冷たい水で、そのおかげでずいぶんと楽になった。

ぜえぜえと息をついている久蔵に、青兵衛がぼそりと言った。

「本当に食べるとは思っておりやせんでした」

「……おまえさん、けっこういじわるなんだねぇ」

「いじわるの一つもしたくなりやすよ」

恨みがましげに青兵衛は久蔵を睨（にら）んだ。

「久蔵殿のために料理上手になりたいと、姫様はずっと台所においでで。出来上がった料理は、我々蛙が毒見、いえ、味見させせられるんでございやすからね」

「そいつは……かわいそうに」

「へぇ。もう四匹も倒れやした。……今日のはまだましなんでございやすよ。最初の頃はこんなもんじゃありやせんでした」

「……申し訳ない」

ひたすら身を縮める久蔵を、青兵衛はしばらく睨んでいた。だが、ふっとその目が和(なご)んだ。

「この焼き握り、本当においしゅうございやすね。いくつか持って帰りたいと思いやすが、ようございやすか？」

「え？　あ、ああ、もちろんだよ。なんなら、全部持っていっておくれ」

「ありがとうございやす。……久蔵殿が作ったものと知ったら、きっと姫様も喜ばれることでございやしょう」

久蔵ははっとして、蛙を見つめた。

青兵衛は笑っていた。そのまなざしは優しかった。

「……ありがとう」

「いえいえ。……こんなことを言っては、萩乃様に食われてしまうかもしれやせんが……お二人は案外お似合いなんじゃないかと、思えてまいりやしたよ」

「……」

「あ、そうだ。あと一つ、いいことをお教えいたしやしょう。姫様の料理の腕、少しずつですが上達してるんでございやすよ」

「それじゃ……」

「へい。将来はそこそこのものができるようになるかと」

だから、そちらもがんばってくれ。

言葉に出さない励ましを、久蔵はありがたく受け取った。

翌日の夜、第二の子供が久蔵のもとにやってきた。今度は親は付き添っておらず、蛙の青兵衛がその子の手を引いてきた。

女の子だった。金糸の刺繡(ししゅう)をあしらった赤い衣の上に、銀色の絽(ろ)の衣を重ね着するという豪奢(ごうしゃ)な装いをしている。年頃は七歳くらいに見えたが、体は小さく、ほとんど猫くらいの大きさしかない。

これなら肩に乗せられるなと久蔵は思い、すぐにこの子を肩には乗せたくないなと考え直した。

貧乏神の辛坊とはまた違った意味で、不気味な子供だった。

まず色が白い。血など通っていないのではないかと思わせる、蠟(ろう)のような白さだ。目は細く、中の瞳は赤い。顔はそこそこ整っているが、おでこには赤い小さなおできが四つあった。それに顎がとがっていて、どことなく蟷螂を思わせる。

髪はいくつかの房に分かれて、ぴんぴんと、頭から飛び出ていた。その数、八本。

久蔵ははっとした。

いや、違う。脚だ。子供の髪は、途中から蜘蛛の脚となって、頭から生えているのだ。

失礼だとは思ったが、驚きのあまり目をそらせなかった。

と、久蔵の反応を楽しむように、子供がちろりと唇をなめた。真っ赤な舌を見て、久蔵の背筋にぞくぞくと怖気が走った。

「この子は……」

「蜘蛛夜叉御前の娘御のつや様でございやす」

ていねいに紹介しながら、青兵衛はつやの手を久蔵へと託した。一文銭よりもまだ小さな手が、久蔵の指を軽く握った。

「つや様、こちらが久蔵殿でございやす。三日後の夜にお迎えにあがりやすので、それまではこの久蔵殿を親御様の代わりとしてお頼りくださいやせ」

「わかった」

小鳥のように愛らしい声で、つやは返事をした。目は久蔵から離さない。吸いつくようなまなざしだ。

「つや様の目方は、ちょうど一貫でございやす。久蔵殿の役目は、その目方を決して減らさぬことでございやす。ちなみに、増える分にはいっこうにかまわぬそうで。それじゃ、手前はこれにて」

出ていこうとする青兵衛を、久蔵は慌てて引きとめた。

「ちょ、ちょっと待っとくれ。この子にはどんなものを食わせてやったらいいんだい？」

「それは……手前の口からは言えやせん」

「言えないって……」

「なに。すぐにわかることでございやしょう」

それだけ言って、青兵衛は消えた。

久蔵は途方にくれながらつやを見た。小さな娘はまばたきもしないで、こちらを見ている。額の赤いおできも、気のせいか、きらきらと光って見える。

「蜘蛛の、目……」

久蔵はちょっとだけ身震いした。正直、蜘蛛は苦手なのだ。

（あの、足がわしゃわしゃと動くところがねぇ、こう、ぞっとするんだよねえ。蛇なら全然問題ないんだけど。……そういや、初音ちゃんは、確か蛇の妖怪だって言っていたっけ。

打ち明けられた時は、ちょいと驚いたけど、今となっちゃどうってことないね。蛇は元から好きだし……ってことは、あの子も蛇の姿になったりするのかね？　今度見せてもらいたいもんだ）

とにかく今は、蜘蛛は苦手だのと、好き嫌いを言える立場ではない。

気を取り直し、とっておきの笑顔で話しかけた。

「よろしく、つやちゃん。仲良くやろうな」

「うん」

つやは嬉しそうに久蔵の指を握り直した。そして……。

がりっと、その指に噛みついたのだ。

「蜘蛛夜叉の子ですか。それは……少々厄介ですねぇ」

翌日、泣きついてきた久蔵の話を聞いて、千弥は珍しく顔を曇らせた。

「蜘蛛夜叉は墓場に住まう妖怪で、人の生き血を好みます。その子供となると、それこそ乳をほしがるように血をほしがるでしょうねぇ」

「そんな恐ろしいことを、あっさり言わないでおくれよぉ！」

叫ぶ久蔵の顔色は悪く、目の下にはくまがある。だが、日頃が日頃なので、むろん弥助は同情しなかった。冷やかに睨んでやった。

「情けないなぁ。たった一晩で」

「おまえね！　そうは言うけど、あの子、一晩中、俺の指くわえて、血をすってたんだよ？　引き離そうとすると、つんざくような金切り声をあげて、手がつけられないし。あ、思い出してもぞっとする」

ぶるっと、久蔵は震えた。

「……でも、そんなに痛くはなかったんだろ？」

「ああ、嚙まれた時は痛かったけど、あとはどうってことなかった。でも、自分の体から血が吸い上げられていくのは、はっきりとわかるんだ。あの気持ちの悪さときたら……一晩だけなら我慢もしようが、もう二晩なんて、とても無理だよ。こっちが干からびちまう……ねぇ、弥助」

「な、なんだよ？」

「今夜、俺のとこに泊まりに来ないかい？」

「……おまえなぁ」

あきれる弥助の隣で、千弥が怖い顔になった。

「そういうことを言うなら、今すぐ出ていってください。うちの弥助を餌代わりにしようなど、図々しいにもほどがある」

「冗談だよ、冗談」

「笑えない冗談など嫌いですね。だいたい、かわいい弥助を冗談の種にされるなど、不愉快です」

「悪かったって。謝るから」

そう言いながら、久蔵はがくりとうなだれた。

「あの子の目が怖いんだ。好物を見る目つきなんだよ。まいったよ。自分を食い物として見られるのが、こんなおっかないとは思わなかった」

「……他のものは？　何か他のものを食わせてみたりはしなかったのかい？」

「そんなこと、試す暇なんかありゃしなかったよ」

それだと、千弥が手を打ち合わせた。

「それですよ、久蔵さん。血をあげるのがそんなにいやなら、別のものを与えてやってはどうです？」

「別のもの？」

「ええ。蜘蛛夜叉の子が、血よりももっと好むものがあるんですよ。ただし……聞いたら後悔するかもしれませんよ」

かまわないと、久蔵は叫んだ。

「この際だ。毒を食らわばなんとやらと言うだろう？　もったいつけないで、早く教えておくれ」

久蔵にせっつかれ、千弥は静かに言葉を紡いだ。それを聞いて、「聞かなければよかった」と、久蔵は激しく後悔したのだった。


その日の夜、久蔵は小刻みに震えながら、押入れをじっと睨んでいた。蜘蛛夜叉の子はあの中だ。朝日とともに寝入ったので、押入れに寝床を作ってやったのだ。

正直、怖かった。今夜もまた血を吸われるのかと思うと、いやでも胸の動悸が激しくなる。

出てきてくれるな。そのままずっと寝ていてくれ。

だが、必死の祈りも空しく、押入れの戸がすすっと開き、つやが顔を出した。

久蔵を認めるなり、つやは嬉しげに笑い、音もなくにじりよってきた。半開きになった口からは早くも牙がのぞき、赤い目がきらめいている。獲物を見つめる蜘蛛の目だ。

後ろにあとずさりしそうになるのを、久蔵は必死にこらえなければならなかった。そして、そんな久蔵の指に、つやはふたたびかぶりついたのだ。

小さくも鋭い牙がぷつんと久蔵の肉に打ちこまれ、続いて、血を吸い出す音が部屋の中に響き始める。

ちゅうちゅう。ちゅる、ちゅう。

痛みはない。が、命をすり出されるような気持ちの悪さがあった。子供を払いのけたいという衝動が突き上がってくる。

だめだ。やっぱり耐えられない。

震えながら、久蔵はつやの襟首（えりくび）をつかみ、無理やり自分から引きはがした。つやは不満げに顔をしかめ、絶叫をあげようと口を開きかけた。だが、それより早く久蔵は話しかけた。

「つやちゃん。血よりもっと好きなものがあるんだろう？」

「……う？」

「ああ、知ってるよ。教えてもらったんだ。そいつを……こ、これから取ってきてあげる」

「ほんと？」

たちまち、つやの目がきらきらし始めた。真っ赤な舌がちろちろと、まるで蛇のように口から出入りする。

「ほんとに？　ほんとに取ってきてくれるの？」

「ああ。だ、だから、ちょっとの間、一人でここに留守番していてくれるかい？　どこにも行かず、この部屋でおとなしく待っていられるかい？」

「わかった。その代わり、たくさん持ってきてね？　そうでなきゃいや」

「が、がんばるよ」

つやを残し、久蔵は離れを出た。昼間のうちに用意しておいた鍬(くわ)を手に持つ。鍬は重かった。その重みが、久蔵を怖じ気づかせた。

「大丈夫だ。どうってことないことなんだから」

だが、自分がこれからやろうとしていることを考えると、どうしても震えがこみあげてくる。

震えをこらえようと、息をつめると、耳の奥に千弥の言葉がよみがえってきた。

「蜘蛛夜叉は確かに血が好きですが、古い人骨はもっと好きなんですよ」

「骨？　人の骨を食うってのかい！」

「はい」

さすがに顔色を変える久蔵と弥助の前で、千弥は淡々と言葉を続けた。

「打ち捨てられた墓場など、探せばいくらでもあるでしょう。そこに忍んでいって、ちょっと地面を掘れば、すぐに骨の一つや二つ、見つけられるはず。それを子供に与えてやればいい」

簡単なことですと言われ、久蔵は言葉が出なかった。代わりに弥助が口を開いた。

「ちょ、ちょっと待ってよ、千にい。それはいくらなんでも……さすがに酷だよ」

「どうして？　私はただ蜘蛛夜叉の好物を教えてあげただけだよ。どうするかは久蔵さん次第さ」

そう。全ては久蔵次第。そして、久蔵は選んだのだ。自分の血を吸われるよりは、どこその骸の骨を掘り出すことを。

我ながらひどいとは思ったが、しかたがないのだと言い聞かせた。

つやとはもう約束してしまった。なにより、この試練をしくじったら、初音を自由の身にしてやれない。初音のため。初音のためなのだから。

まじないを唱えるように繰り返しながら、久蔵は早足で暗い道を歩んでいった。

知り合いに出会うこともなく、やがて寺へとたどりついた。寺の裏には大きな墓場があった。いくつもの墓石が並び、夜だというのに、まだかすかに線香の匂いが漂っている。

手入れされた墓、供え物がされている墓は素通りし、久蔵はできるだけ荒れ果てた墓石を探した。もはや詣でる人もいない墓の骸ならば、掘り出したとしても、誰の迷惑にもならないだろう。そう思ったのだ。

覚悟さえ決めてしまえば、久蔵はそれなりに豪胆になれる男だった。

この時、前方にかすかな明かりが見えた。久蔵は慌ててしゃがみこんだ。ひやりと、肝が冷えた。

あれは、もしかして人魂だろうか？　墓を荒らす者の気配に、怒って出てきたのだろうか？

だが、すぐにただの提灯の光だと気づいた。

胸を撫で下ろしながら、久蔵は光に近づいてみることにした。むろん、こっそりとだ。夜の墓場では、誰とも出くわしたくない。相手の正体がわからないとあれば、なおさらだ。

人影が二つ見えてきた。ざくざくと、土を掘り返す音もする。

「墓荒らし、かい……」

はたして、そこには二人の男がせっせと土を掘っていた。

いかにも無頼な男達だった。提灯に照らし出された顔は野卑で、化け物じみて見える。なんにしても、鉢合わせしたくはない。彼らが立ち去るまで、久蔵は様子を見ることにした。

鍬をふるいながら、男達はなにやら話していた。耳をすましたところ、どこそこで抱いた女はよかっただの、この前賭博で大勝ちしたのと、調子のいいことを言っている。

怖いからだと、久蔵は察した。わざとらしいやりとりの端々に、夜の墓場への恐怖がある。

そこそこ若いほうが急に吐き捨てるように言いだした。

「しっかし、世の中には大概な変わり者もいるもんだぜ。不老長寿の薬にするだかなんだか知らねぇが、人骨なんぞほしがるたぁねぇ。へ。俺だったら、それこそ死んでもごめんだぜ。人の骨で作られた薬なんざ、飲みたかねぇや」

「そう言うな。ああいう変人どものおかげで、俺らの懐があったまるんだからよ」

「けどよ、墓を掘り返すのは俺達なんだぜ？……祟られたりしねぇかな？」

「ははぁ、おめぇ、怖じ気づきやがったな」

大丈夫だよと、年嵩の男は笑った。

「骨は骨。そこらの石ころとかわりゃしねぇ。生きてる人間を襲うより、死人の墓を荒らすほうがよっぽどお優しいってもんだぜ。それに、おめぇ、ここらの骨なんざ、どれも忘れられたものなんだぜ？　どこの誰かもわからなきゃ、詣でるやつもいやしねぇ。つまり、俺らが盗もうと何しようと、恨みに思われる筋合いはねぇ。誰の迷惑にもなってねぇんだからよ」

「そ、それもそうだな」

「そうよ。むしろよ、まんじゅうだ線香だと捧げられるより、生きてる俺達のお役に立たせるほうが、よっぽど供養になるってもんさ。これも功徳ってやつよ」

「なるほど。違いねぇ」

うそぶく男達に、潜んでいる久蔵は耐えに耐えていた。

彼らの一言一言が杭のように胸に食いこんだ。なぜなら、口調を変えこそすれ、その言い分は久蔵のものと変わらなかったからだ。

忘れられた無縁仏の骨ならば、誰の迷惑にもならない。

先ほどまでそう思っていた。本気で骨をつやのところに運ぶつもりだった。

だが、本物の墓荒らしを目の当たりにし、その言い分が自分のものと同じとわかったとたん、覚悟がくじけた。

妖怪であるつやが生き血や人骨を食らうのはいい。それは、つやの生き方であり本質だ。

だが、人である久蔵にそれはできない。越えられない一線があるのだということに、久蔵は気づかされた。

夢から覚めた思いで、男達を見た。浅ましく笑いながら土を掘り返す姿に、自分の姿がそっくり重なる。

こいつらは俺だ。俺はこいつらと、同じなのだ。

それが、なんとも許せなかった。

気づいた時には、久蔵は隠れていた場所から飛び出していた。男達がこちらを見る隙も与えず、一人目、二人目と、持っていた鍬で殴り倒す。

声をあげることもなく、男達は地面に倒れた。

ぜはっと、久蔵は息を吐き出した。ほんの一瞬のことであったのに、びっしょりと汗をかいていた。胸も激しく脈打っている。

かくかくしている膝を叱りつけ、気絶している男達の様子をうかがった。一人は頭が少し切れていたが、死ぬことはないだろう。

ようやく安堵が広がってきた。

久蔵は男達が掘っていた穴を見た。大きくえぐられた穴の底に、なにやら白っぽいものが少し見える。おそらく骨だ。

誰ともわからぬ、だがかつては人だったもの。魂はここにはないのかもしれない。ただの抜け殻にすぎないのかもしれない。それでも、静かに眠っていてほしい。

それが、久蔵の人としての想いだった。

「困った人間が多くてすまないね」

骨に手を合わせたあと、久蔵は手早く穴を埋めた。ついでに、倒れている男達の懐に湿った土をいっぱい詰めてやった。目覚めたら、さぞ驚くに違いない。墓場の妖怪に悪さをされたと、ここに近づかなくなってくれればいいのだが。

やるべきことをやり、久蔵は帰路についた。体はくたくただったが、心は晴れていた。

離れでは、つやが待ち構えていた。戻ってきた久蔵に、蜘蛛夜叉の子は膨れっつらで文句を言った。

「遅い！　待ちくたびれた！」

「ごめんよ……」

「骨は？　持ってきてくれた？」

「いや……取ってこられなかった」

つやの顔が見る間に険しくなった。眉間に荒々しいしわがより、小さな口がかっと開いて、名前のとおりの夜叉のものとなる。

牙をむき出しにし、つやは久蔵につめよった。

「どうして？　持ってきてくれるって、約束したのに！　約束は守るものなのに！」

「ごめん。ほんとにすまない。でも……俺には無理だったんだよ」

「そんなの、つやは知らないもの！　ひどい！　ひどい！」

許さないと、つやは叫んだ。

「もう血なんかじゃいや！　骨が食べられるって、楽しみにしてたのに！　すっかり骨の気分になってたのに！　こうなったら……食べてやる！　久蔵を食べてやる！」

「ああ、食ってくれ」

「言われなくても、た……え？」

目を見張る妖怪の子の手を、久蔵はそっと握った。そして一つの約束をしたのだ。


約束の夜、青兵衛がつやを迎えにやってきた。元から青い顔が、その夜はいやに白く、不安そうに目をしばたたかせている。

それを出迎えた久蔵も、冴えない顔をしていた。肌の色はくすみ、頰はこけ、目の下にはくまがある。

しばし見つめあったあと、青兵衛は重々しく言った。

「つや様をお連れする前に、まずは目方を量らせていただきやす」

「ああ、そうしておくれ」

「へい。それじゃつや様、ちょいとこちらの籠に乗ってくださいやし」

青兵衛は携えてきた小さなはかりにつやを乗せた。その顔が見る間に曇った。

「……だめかい？」

「いけやせんね。……一貫にはちょいと足りのうございやす」

「そっか。だいぶ血をあげたつもりだったんだがねぇ。こいつぁ、しかたないか」

「久蔵殿……」

青兵衛の顔が泣きだしそうに歪(ゆが)んだ時だ。はかりの上から、つやが甲高い声を放った。

「青兵衛。久蔵を勝手に処分なさらないでと、萩乃様に伝えてね」

「え？　えええっ？」

目を剝く蛙に、つやは凜(りん)として言葉を続けた。

「久蔵に手を出したら、つや、許さない。母上に言いつけて、萩乃様の血を吸っていただく。だって、久蔵はつやのものなのだもの。ね、久蔵？」

「ああ。そう約束しちまったからね」

苦笑しながらうなずく久蔵とつやを見比べ、青兵衛は絶叫した。

「そ、そんな！　うちの姫様はどうなるんで？　あんなに必死にがんばっておられるのに！　きゅ、久蔵殿、見損ないやした！　たった数日で心変わりなさるなんて！」

はらはらと涙をこぼしながら責める青兵衛に、久蔵はきょとんとした。

「……なんか、勘違いをしてやしないかい？　心変わりって、なんのことだい？」

「だ、だって、つや様のものになったって……うちの姫様を捨てて、つや様のとこに婿入りするつもりでございやしょう?」

「じょ、冗談じゃないよ! 違う違う! つやちゃんのものになったって、そういう意味じゃないんだよ」

慌てて久蔵は首をふり、つやもけらけらと笑った。

「つや、久蔵のこと好きだけど、お婿さんにはほしくない。食べたいだけだもの」

「た、食べたい?」

「うん。久蔵がね、約束してくれたの。死んだら、つやが久蔵の骨を全部食べていいって。すてきな約束でしょ?」

「し、しかし……」

「久蔵は長生きさせたいの」

きらっと、つやの赤い目が光った。

「長生きした人の骨って、すごくいい味がするの。逆に、若死にした人の骨って、すっぱくて、つやは嫌い。だから、久蔵を罰しないでと、萩乃様に伝えて。久蔵に会えて、つや、すごく満足してるんだから。ちょっとひもじかったけど、この三日間、とても楽しかったんだから」

青兵衛は口をぱくぱくさせていたが、やがてあきれたような目を久蔵に向けた。

「……浅はかな約束をなすったもので」

「そうは思わないよ。子供は飢えさせたくない、でも血は足りないし、骨を取ってくることもできない。だから、こうするしかなかったんだよ。俺の骨がどうなろうと、死んだあとなら、俺は気にしないからね。それでも……やっぱりだめなんだろうかねぇ？」

「それは……手前ではお答えできかねやす。とりあえず、つや様をお母上のところにお送りして、それから萩乃様にわけをお伝えするといたしやす」

「うん。そうしておくれ。それじゃ、つやちゃん、達者でな」

「うん。久蔵もうんとうんと長生きして、うんとおいしい骨になってね」

「はいはい。そう努めますよ」

青兵衛に抱えられ、蜘蛛夜叉の子は去っていった。

それから数日後、久蔵のもとに文が投げ入れられた。文には、〝合格〟の二文字が、流麗な筆跡で書かれていた。

九

華蛇(かだ)の姫、初音は自室にて目を覚ました。

肌に感じるのは、なめらかな絹布団。部屋には香の奥ゆかしい芳香が漂い、衣紋(えもん)かけにはお気に入りのつゆ草模様の打ち掛けがかけられている。

だが、そうした品々も、今の初音にはくすんで見えた。前は好ましく思えたものが、味気なく、どうでもよくなってしまっている。

ここにほしいものは一つもない。そして、初音がほしいのはたった一つのものなのだ。

つきんと、胸が苦しくなり、前かがみになった時だ。襖(ふすま)の向こうから声をかけられた。

「姫様、お目覚めでございますか？」

「ええ、もう起きているわ。入ってきて」

「失礼いたします」

襖を開いて、黄色い着物を着た赤蛙(あかがえる)が盥(たらい)を持って入ってきた。下女の蘇芳(すおう)だ。

「おはようございます。顔を洗うお水をお持ちいたしました」

「ありがとう。そこに置いておいて」

「はい」

盥を置いた蘇芳は、布団の横にあるものに気づき、あきれたような声をあげた。

「おやまあ、まだとっておいでで？」

「ええ。だって、最後の一つなんですもの。食べてしまうのがもったいなくて」

「だからと言って……」

「大丈夫よ。術で腐らないようにしてあるから」

そう言って、初音は置いておいた焼き握りをそっと手にとった。

これは久蔵がこしらえたものだという。下男の蛙、青兵衛が持ってきてくれたのだ。

「久蔵殿が、これを持たせてくれやした。姫様にとのことでございやす」

渡されたたくさんの焼き握りに、初音は胸をゆさぶられた。自分より久蔵のほうがおいしいものを作れるということに、ちょっと落ちこみもしたのだが。

だが、やはり嬉しい。久蔵が作ってくれたものと思うと、なんの変哲もない焼き握りが、宝物のように愛しく思えた。

毎日少しずつ食べ、ついに残りはあと一つ。あと一つと思うと、もったいなくて食べられない。

大切そうに焼き握りを見つめる初音に、蘇芳はため息をついた。

「うちの人も、余計なことをしたもんでございますね」

「そんなことはないわ。……ねえ、青兵衛はまた久蔵のところに行くの？　今度はいつ？　何か言っていた？」

「今のところ、動きはないそうでございます。……萩乃様は次の試練を考えておられる最中のようで」

「そう。……今度はどんないじわるなものを思いつくのかしらね」

初音は憎々しげに言った。

「本当にひどいんだから。性根がひねくれているとしか思えないわ」

「そんなことをおっしゃるものじゃございません」

「だって、本当だもの」

すねる初音を、蘇芳はたしなめた。

「そんなことをおっしゃると、姫様自身が傷つくことになりましょう。姫様だって、おわかりのはず。萩乃様がどれほど姫様のことを大切に想っておられるか」

「……………」

初音は唇を噛んだ。

わかっている。悔しいくらいわかっているのだ。

子に無関心な両親に代わり、萩乃は心をこめて初音を世話し、育ててくれた。多少口うるさく感じることもあったが、「母」と想える相手は萩乃以外にはいない。

だからこそ、初音は萩乃に久蔵のことを認めてほしかった。寿いでほしかったのだ。

だが、物事はそううまくいかない。想像していた以上に、久蔵を拒んだのだ。理由は、久蔵が〝人〟であったからだ。

華蛇族は、恋をして初めて大人の姿を手に入れる。童姿から麗しい乙女へと変貌した初音に、萩乃は嬉し涙をにじませながら聞いてきた。相手は、どこのどなたかと。

その時の初音は、正直には言わなかった。恋をしたばかりということもあり、洗いざらい打ち明けるのが照れくさかったからだ。ただ、同族ではないとだけ告げた。

「華蛇族の殿御ではないので？　はて。それではどなたでございましょう？……まさか月夜公？」

「まさか。月夜公は冷たすぎて好みではないと、前に言ったはずよ」

「そうでございますよね。でも、姫様好みの殿御と言いますと、あの方くらいしか思いつかないのでございますが……」

「いずれ、ちゃんと会わせるから。今は少し放っておいてちょうだい」

「わかりました。とにかく、ようございました。これで姫様も一人前でございますもの。今夜は蛙達に命じて、赤飯を炊かせるといたしましょう」

うきうきしている乳母に、初音はさりげなく聞いた。

「ねえ、ばあや。あなたも、華蛇族ではない相手を選んだのでしょう？　その時、迷いはなかった？」

「ございませんとも。この人だと、一目でわかりましたから。姫様も、そう思ったのでございましょう？」

「ええ」

「ならば、他族であろうと心配はございません。人間でさえなければ、どこのどなたであろうと、喜ばしいことでございますよ」

最後の一言に、初音は肝が冷えた。全身の血が凍りついた気がしたものの、なんとか平静をとりつくろった。

「あら、どうして？　どうして人間はいけないの？」

「まあ、姫様ったら。当たり前のことでございませんか」

萩乃は笑った。

「人の時の流れは、我らあやかしとは違います。人の一生は、我らにとってのわずかなひと時にすぎませぬ。そんな相手を愛してしまっては、苦しみがあるばかりでございますよ。実際、人を伴侶に選んだ華蛇族も、これまでに何人かおります。が、皆、あっという間に伴侶に死なれて、喪失と悲嘆の涙にくれたのですよ」

だから人間はだめなのだと、乳母は強く言った。

その言葉に、初音は久蔵のことを隠すことに決めた。決して決して知られてはならないと、悟ったからだ。

久蔵のいる人界に行く時も、しばらく王蜜の君の屋敷に泊まると言って、ごまかした。

だが、賢い萩乃をそう長々とだませるはずもない。

ついに真実は知られ、怒り狂った萩乃に初音は屋敷に連れ戻されてしまったというわけだ。

久蔵から無理やり引き離され、初音は生まれて初めて萩乃に殺意を覚えた。だが、それは萩乃も同じだったようだ。

連れ戻された日、二人は障子が破けんばかりの大声で怒鳴りあった。

「よりにもよって人間など！　認めませぬ！　断じて認められませぬ！」

「そんなことは関係ない！　あの人がいいの！」

「すぐ姫様を残して死んでしまう相手など、愛してなんになりましょうか！」

「死ぬ死ぬって言わないで。久蔵はしたたかな人よ。長生きするはずだわ」

「人の長生きなど、たかが知れております。今のうちに別れてしまえば、傷は浅くすむのです。なにより、もっとふさわしい方が他にいくらでもおります。別れなさい。これは姫のためなのですよ！」

「わたくしのためだと思うなら、放っておいて！」

「そんなこと、できるはずがございません！」

「うるさい！　うるさいうるさい！　もう、萩乃の顔なんて見たくない！」

「ああ、そうでございますか。ようございますとも。それなら、この顔は引っこめましょう。ですが、あの男のもとへは行かせませんよ。かたがつくまで、お屋敷からは一歩も出しませせぬ！」

　まさに売り言葉に買い言葉。激しい言い争いをして以来、二人は顔を合わせていない。

だが、あの大喧嘩は、今も初音の胸にしこりとなって残っている。

「久蔵……」

　ずきっと、また胸が強くうずいた。最近はなにかにつけて苦しくなる。おかげで体調もおもわしくない。

久蔵のことを信じている。きっと、自分を迎えに来てくれる。伝令役の青兵衛もそう言っていたではないか。

「あの人は餅のような人でございやすね」

久蔵のことを、青兵衛はそう言い表した。

「一見ふよふよと柔らかそうに見えやすが、実はしっかりとこしがある。あの人なら、そうそう屈することはないはずでございやす」

実際、久蔵は見事に二つの試練を乗り越えた。残るはあと一つ。だが、そのことが逆に初音を不安にさせていた。

おそらく、人間である久蔵がここまで粘るとは、萩乃も思ってはいなかったはずだ。思い通りにならず、今、萩乃の心中は煮えたぎっているだろう。そして今度こそ、本気で久蔵をつぶす手を考えるだろう。それがどれほど苛烈なものになるか。

だが、もっと心配なことが初音にはあった。

もしかしたら、久蔵でも嫌気がさすかもしれない。初音のことなど忘れ、もっと気楽に生きようと、心を変えてしまうかもしれない。

それが怖くてたまらなかった。

「大丈夫。きっと大丈夫」

あとからあとからにじみ出てくる不安を、初音は必死で抑えこんだ。

だめだ。こうしてじっとしていると、どんどん気持ちが悪いほうへと向かってしまう。気をまぎらわせなくては。何か別なことに集中しなくては。

初音は立ち上がり、蘇芳を見た。

「蘇芳、着替えを手伝ってちょうだい」

「……お召し物はなんにいたしましょう？」

「もちろん、桃色の小袖よ。あれが一番動きやすいんだもの」

「というと、きょ、今日もお台所に？」

「当たり前よ。こうなったからには、とことんやるわ。久蔵においしいって言ってもらえるような、料理上手になってみせるんだから」

「……今日は何本、指を切り落とすことになるんでございましょうねえ」

泣きそうな顔をしている蘇芳に手伝わせ、初音は動きやすい身なりに着替えた。そして、さっそうと台所へと向かったのだ。

同じ頃、萩乃は自室にて文机の前に座り、痛むこめかみを指でもんでいた。昨夜も一睡もせずに、第三の試練のことを考えていたのだ。机には、様々な書物や巻物が散乱している。思いついたことを書き散らした紙もだ。

「あの人間……本当にしぶとい」

貧乏神の子を預けられた時点で、震え上がって逃げ出すと思ったのに。貧乏神の子を見事、福の神に転生させたばかりか、蜘蛛夜叉御前（くもやしゃごぜん）の子にまで気に入られるとは、どこまで運のいい男だろう。

久蔵の高笑いしている顔が目の前にちらつき、ますます頭痛がひどくなる。薬を取りに行こうと立ち上がったところで、鏡台に目がいった。

自分の顔を見てぎょっとした。やつれて、目の下のくまも深い。肌の色など、墓場の白骨を思わせるではないか。

「これはひどい……うちの人に愛想尽かしされても、文句は言えない顔だこと。子供達にも怖がられてしまいそう」

もうしばらく自宅に帰っておらず、夫や子供らとも顔を合わせていない。ここにこもり、ひたすら策を練っている。それも、男女の仲を裂くという、いやらしい策をだ。

自分がどんどん黒く染まっていくようで、おぞましかった。

時々、ふと嫌気がさすこともあった。

こんなことをやって意味があるのだろうか。なぜ、あんな男のために眠りを削り、家族との時間を削らなくてはならないのか。これが思惑どおりにいっても、姫からは激しく恨まれるだけだというのに。

そう思うと、情けなくて、馬鹿馬鹿しくて、何もかも放り出したい衝動に駆られる。だが、そうなるたびに、萩乃は必死で気力をふるいたたせるのだ。

いや、あの男のためなどではない。これも全て、姫のためなのだ。

そう思うと、不思議なくらい体に力がよみがえる。

かわいいかわいい、娘同然の初音姫。まだまだ心が幼い、萩乃が守ってやらねばならぬ存在だ。人間との恋など、悲惨なことになるのは目に見えている。なんとしてもあきらめさせなければ。

鏡から目を背け、ふたたび机に向かおうとした時だ。

「失礼します」という声と共に、白い蛙がお盆を持って現れた。お盆の上には、湯気を上げている湯呑みがある。

「おはようございます、萩乃様。飴湯(あめゆ)をお持ちいたしました」

「ありがとう、小雪(こゆき)。ちょうどほしかったところです」

萩乃はありがたく湯呑みを受け取った。とろっと甘い飴湯を飲むと、こわばった体が温まり、疲れや苛立(いらだ)ちが少しほぐれる気がした。

ほっと息をつく萩乃に、小雪は心配そうに言った。

「昨夜も眠らなかったのでございますか?」

「ええ。今は時が惜しいのです。一刻も早く、良い手を考えなくては。……姫は? どう過ごしておられますか?」

「はい。我ら蛙には笑顔を見せてくださいます。でも……少し具合が悪そうなことも。しきりに胸を押さえて、さすっていることが多くなっておられます」

「それは心配ですね。ただちに医者の宗鉄殿をお呼びなさい。見ていただいたほうがいいでしょう。……他には? 何か気づいたことはありますか?」

「いいえ、胸をさする以外は、これと言ってございません。普段どおりの姫様でございます。……今日も料理をするのだと、先ほど蘇芳と共にお台所に向かわれました」

ひくりと、萩乃の口元がひきつった。

「……料理修業、まだ続いているのですか?」

「はい。あの、そろそろ河童の軟膏がなくなりそうなのですが」

「ただちに新しいのを買い付けてきなさい。我らが姫の指が欠けたままになっているなど、あってはならぬこと」

「は、はい」

「しかし、そろそろあきてくださってもよい頃なのに。まったくもう。あのように愛らしくあらせられながら、こうと決めたら、本当に頑固な方なのだから。御父君も御母君も、ああではあらせられないのに」

誰に似たのかしらと嘆く萩乃に、「それはあなた様にでしょう」と、小雪は思った。もちろん、口に出しはしなかったが。

「他にご用はございますか？　朝餉はどうなさいますか？」

「お腹が空いていないので、いりません」

「そう言って、昨日の夕餉も少ししかお食べにならなかったではありませんか。もう少し何か食べないと、それこそ倒れてしまわれますよ。……お粥などはいかがでしょう？　お腹が空いていなくとも、さらさらと入っていくのではございませんか？」

気遣う小雪に、萩乃は根負けしてうなずいた。

「それでは、お粥を一杯だけいただきましょうか」

「はい。少しお待ちくださいませ」

小雪は急いで出ていき、小半刻ほど経ってから、小さな鍋と椀を持って戻ってきた。

「お待たせいたしました。お粥でございます」

よそってもらった粥に、萩乃は口をつけた。ただの白粥だが、おいしかった。ほんのりとした米の甘みと、さらりとした口当たりが、徹夜明けの体にありがたい。

思わず二杯もおかわりしてしまい、萩乃は苦笑いした。

「おいしかったですよ」

「……」

「なんです、嬉しそうな顔をして」

「それ、姫様がお作りになったお粥なんです」

「姫が！」

信じられぬと、萩乃は粥を見た。

これを、初音姫が作ったというのか？

以前、姫が作ったものをこっそり味見したが、危うく倒れてしまうところだった。それほど壊滅的な味をしていたというのに。

「まことですか？　ほ、本当に姫がこしらえたものなのですか？」

「はい。もともとは普通のご飯になるはずでしたが、水加減を間違え、このようにゆるゆるに炊けてしまいまして。でもお粥としてならば、十分おいしゅうございましょう？　それに、今回のようなしくじりは久しぶりなのでございますよ」

「と言うと？」

「この頃は、だいぶご飯を炊くのがお上手になっておいでです。……包丁さばきのほうはまだまだですが、味付けのこつも少しだけつかんだようでございますよ」

「姫が……このようなものを作れるほどになるとは……」

しくじりの結果とはいえ、普通においしく食べられるものを作れるようになるとは。なんという上達ぶりであろう。これはもう、執念すら感じられる。それもこれも、全てはあの久蔵という男のためなのだ。

そう思うと、なにやらどっと疲れてしまい、萩乃はがっくりとうなだれた。

「萩乃様！　ど、どうなさったんでございます？」

「なんでもありません。ただちょっと……すっかり空気がこもってしまいましたね。小雪、窓を開けてください。全部です。風がほしい」

「は、はい、ただいま！」

小雪は窓に飛びつき、次々と開け放っていった。

たちまち、朝のさわやかな風が部屋の中に入ってきた。秋の気配をまとった涼風だ。大きく息を吸いこみながら、萩乃は季節の移り変わりの早さに驚いた。

「ついこの前まで夏の盛りだったというのに。いつの間にか、こんなにも空気が涼しくなっていたのですね」

「はい。日が暮れるのも早くなりました。もう秋も間近ということでございましょう。心なしか、あちこちの影も濃くなっているようでございますよ」

「そう。影が濃く……影……」

「萩乃様？　どうなさったんでございます？」

「……思いついた」

「ひっ！」

いきなりらんらんと目を光らせだした萩乃に、小雪は息をのんだ。思わずあとずさりをするほど、鬼気迫るような形相だ。

だが、そんな小雪に、萩乃は目もくれなかった。飛びつくように文机に向かい、猛然と何かを書き始めたのだ。

「これなら……これなら、うまくいく。今度こそ、きっと」

ぶつぶつつぶやきながら、筆を走らせる。

書き終えると、萩乃はその書を手早く折りたたみ、小雪に渡した。

「この文を、影法師に届けなさい」

「は、はい」

「急ぎなさい！　早く！」

「はい！」

風のように、小雪は飛び出していった。

ふうっと、萩乃は肩の力を抜いた。

これで最後。これで全てにかたがつくはずだ。人の恋路を邪魔するのは野暮？　理不尽？　そんなことは百も承知だ。それでも、やらねばならぬ。姫の嘆き悲しむ姿は見たくない。そのためなら鬼になってみせよう。

不敵に笑ったあとで、ふと真顔になった。

だが、もしこれでだめだったら？　あの人間の気持ちを変えられなかったら？

「そんなことは……万に一つもないと思うけれど……でももし……もしも、そんなことになったら……」

その時こそは、こちらが負けを認めなくてはならないだろう。久蔵という男を認め、姫を自由に羽ばたかせてやらねばなるまい。

いやいや、そんなことは起こらない。なにしろ、今回はこれまでとは質そのものが違う試練なのだ。人間の久蔵など、ひとたまりもないはずだ。

「姫は……わたくしがお守りするのです」

決意も新たに、萩乃はつぶやいた。

十

夏はゆっくりと過ぎてゆき、次第に秋の気配が漂い始めた。日に日に涼しい風が吹き、木の葉から緑の色が抜けていく。

だが、その頃になっても、久蔵のもとに第三の子供が送り届けられることはなかった。

「今回はまた馬鹿にじっくり腰をすえて、お題を考えておいでのようだねぇ、お乳母さんは。よっぽど恐ろしい子を用意する気だね」

皮肉りながらも、久蔵はやきもきしていた。青兵衛もあれからずっと訪ねてきておらず、当然ながら初音の近況を知ることもできない。

「ったく。いつまで人を待たせるんだろう。……千さんに頼んで、あっちのお屋敷に乗りこんでやろうかねぇ」

そんなことまで考えるようになったところで、ようやく青兵衛が顔を出した。

「おひさしぶりでございやす、久蔵殿」

「青兵衛さん！　やれよかった！　そっちに乗りこもうかと思ってたとこだったんだよ。今回はずいぶん間が空いたもんじゃないか」

「へい……葬式があったもので、あれやこれやとばたばたしちまいやして……」

「そりゃ……気の毒に。どなたが亡くなったんだい？」

青兵衛が顔を上げた。その目は赤く腫(は)れていた。

ざわり。

久蔵の胸が嫌な音をたてた。うなじの毛も逆立ってくる。嫌な予感がした。青兵衛の返事を聞きたくない。

だが、話題を変えようとする前に、青兵衛が口を開いた。

「姫様でございやす……」

痺(しび)れるように重い声音だった。

久蔵は、頭の上にずんと、巨大な鐘が落ちてきたかのような衝撃を食らった。ひどい耳鳴りがあらゆる音を曇らせる。なのに、青兵衛がぼそぼそと語る声はちゃんと聞こえてくるのだ。

初音が突然の病に倒れたこと。

方々の名医や薬に頼ったが、命をつなぎとめられなかったこと。

二日前に亡骸を水葬にしたこと。

それらを聞いても、久蔵は信じられなかった。

あの子が死んだ？　あの明るく、命の輝きに満ちていた子が？　初音が？

「嘘だ……」

ようやく声が出た。

「嘘だよ。からかうのもいい加減にしとくれよ、青兵衛さん」

「いえ、まことのことでして」

「嘘だ。信じないよ。そんな……あるわけがない」

ついに、青兵衛は泣きだした。泣きながら、腕に抱えていた赤い布包みを久蔵に差し出したのだ。

「これを」

「なんだい、それは？」

「姫様の忘れ形見でございやす。いまわの際に姫様が産み落とされやした。……姫様と、久蔵殿のお子でございやす」

すぽんと、頭のどこかで穴が開くような音がした。そこからしゅうしゅうと、あらゆるものが抜けていく。魂すらも抜けてしまいそうだ。

だが、布包みを押しつけられそうになり、久蔵はようやく我に返った。後ろに跳びすさり、壁にはりつくようにしながら、久蔵は恐怖の目で布包みを見た。

「ちょいと待った！　お、俺と初音ちゃんの子って……天に誓って、俺は初音ちゃんとそういうことしたこたぁないよ！　手をつないだのがせいぜいだ」

子供が生まれるなどありえない。自分の子であるはずがない。

そう叫ぶ男に、青兵衛はかぶりを振った。

「人とあやかしでは、理が違いやす。姫様は、ほ、本当に久蔵殿のことを慕っておいででやした。会いたくても会えない。そ、その苦しさ、慕わしさが募りに募り、命となって姫様の腹に宿ったんでございやす。この御子はまぎれもなく、久蔵殿の御子なのでございやす」

「そんな……」

「御一族はこの御子を育てることを拒まれました。姫様が生きているならともかく、亡くなられた以上は、このような忌まわしい子は屋敷に置けぬと……それで手前は……久蔵殿のところにお連れしたんでございやす」

お願いでございやすと、青兵衛はすがりついた。

「人である久蔵殿には、あやかしとの御子など、気味悪く思えるかもしれやせん。けれど、もう行く先がないのでございやす。どうかどうか、姫様の想いをお見捨てにならないでくださいやし」

久蔵は言葉が出なかった。情けないほどに体が震えていた。初音を失ってしまったという悲しみすらも、赤子の存在を前に霞んでしまう。

いずれは子供もほしいなと思っていた。が、それはぼんやりとした願望であり、なによりまだまだ先の話だと思っていた。いきなり身に覚えのない赤子を押しつけられるなど、あんまりだ。

だが……。

ゆっくりと、久蔵は動きだした。そろりそろりと、青兵衛が抱いている布包みへと近づく。心の臓が早鐘のごとく打っていた。今にも胸板を突き破ってきそうだ。それなのに、息をするのもはばかられる。

汗をかきながら、久蔵は布包みをのぞきこんだ。

真っ黒な卵。

一瞬、そう見えた。

だが、それは目の錯覚であったらしい。

そこにいたのは、ふさふさとした黒髪の赤ん坊だった。赤子でありながら色が白く、それは愛くるしい顔をしている。その顔には、まぎれもなく初音のおもかげがあった。だが、ちょっと切れ長の目と耳の形は、久蔵のものとそっくりだ。

初音の子。自分の子。

わなわなと、また震えがこみあげてきた。

「この子……」

「女の子でございやす。さ、どうぞ、抱っこしてやってくださいやせ」

「っ！　や、やめておくれ！」

まだその覚悟はないと、久蔵はふたたび飛び離れた。

悲しそうに顔を歪めながら、青兵衛はそっと赤子を床に置いた。

「ちょ、ちょいと、青兵衛さん。本気で俺に託す気かい？」

「へい。できることなら、手前自身の手でお育てしたいところでございやすが……手前はしがない蛙の身。今の妻子を養うのが精一杯なんでございやす。……お願いでございやす。御子様を、どうかどうか守ってやってくださいやし。姫様を少しでも愛しく思ってくださったのなら、その慈しみをこの御子に注いでやってくださいやし」

深々と頭を下げたあと、青兵衛は逃げるように姿を消した。

赤子と取り残された久蔵は、また赤子にそろそろと近づき、その顔をのぞきこんだ。

赤子はよく眠っていた。そして、見れば見るほど初音によく似ている。

久蔵の脳裏に、初音の姿が鮮やかによみがえってきた。

初めて浅草観音に連れていってやった時の、初音の驚きとはしゃぎよう。散歩の途中で買っただんごを頰ばった時の笑顔。昔馴染みの女とおしゃべりしただけで、嫉妬してむくれていた。あのむくれた顔もかわいかったっけ。

そんなことをぼんやりと思い出していると、赤子が急にむずかりだした。ふえふえと、力なく泣き始める。

「腹が減ったのかな？」

しかたなく、久蔵は赤子を抱き上げた。その感触に驚かされた。柔らかくて重たい。そして温かい。命の温もりだ。

ちりりっと、胸に痛みが走った。

その痛みがひどくなる前にと、久蔵は大急ぎで赤子を母屋に連れていった。

突然、久蔵が赤子を連れてきたものだから、両親は仰天した。だが、自分達の孫とわかるなり、狂喜乱舞した。あれよあれよという間に、おもちゃも着替えもおしめも揃え、乳をくれる乳母も手配してくれた。

うっとりとした顔で赤子をあやしながら、久蔵の母は息子に聞いた。

「ほんときれいなかわいい子だこと。でも、この子のおっかさんは？　どこのおじょうさんなの？」

「……初音ちゃんです」

「初音ちゃん？　聞いたことがない名だけど、どなた？」

忘れてしまったのかと、久蔵は絶句した。「将来のあたしの娘」と、あれほど初音のことをかわいがっていた母親なのに。

冗談にしてもたちが悪すぎる。

思わず怒鳴りつけそうになったところで、我に返った。

そもそも初音は、妖術によって〝久蔵の許嫁〟という立場にいた。皆は、術によって、そう思いこまされていたのだ。だが、初音が死んでしまった今、その術は解け、周囲の人人は初音の存在自体、忘れてしまったのだろう。

苦しいものを必死で抑えこみ、久蔵は小さく言った。

「いずれ、おっかさん達に紹介しようと思ってたんです。でも、なかなか言いだせず、そうこうするうちに臨月になっちまって……初音ちゃんはお産で……」

「そうだったの。かわいそうに」

たちまち涙ぐむ両親に、久蔵は口を歪めた。都合のいい嘘をつくのが、これほど苦痛だったことはない。初音のことを穢(けが)している気がして、気分が悪かった。

だが、久蔵はさらに作り話を続けた。

「初音ちゃんは天涯孤独(てんがいこどく)の身で……だから、この子を引き取れるのは俺だけなんです。……いいですよね、おとっつぁん、おっかさん？」

「もちろんですよ！　この子はうちの孫なんだから。ねえ、おまえさん？」

「当たり前だ。この子を産んでくれた人の分まで、しっかり育てなくちゃいけない。こりゃ隠居だなんだと言ってられないよ」

「本当にねぇ。それで、久蔵、この子の名前は？　もう考えたのかい？」

「いや、まだ……そうですね。琴音(ことね)なんていうのはどうでしょう？」

「琴音？　あら、いい名前だこと」

その日から、久蔵の家は琴音中心に回りだした。

誰もが赤子に夢中だった。下女のおたねや下働きのおつるまで、暇を見つけては赤子の顔をのぞきにくる。久蔵の両親にいたっては、そばから一時たりとも離さないありさまだ。

ただ一人、久蔵だけがどこか冷めていた。

赤子にどう接していいか、わからなかった。なにやら憎らしいなと思うこともある。それでいて、心底かわいいと思うこともあるのだ。

自分の気持ちを持て余し、久蔵は極力赤子には近づかないようにした。世話は両親や乳母にまかせ、自分は一歩しりぞいたところからそれを見ている。口では「かわいいかわいい」と言い募り、いかにもかわいがっている様子を見せつつ、決して自分からは手を出さなかった。

それが変わったのは、三月あまりが経った頃だった。

この頃には、琴音はぐっと大きくなり、愛らしさも増していた。ますます初音に似てきている。

少し苛ついた。

この子供がここにいるのに、どうして初音はいないのだろう？　この子の代わりに、どうして初音が生き残ってくれなかったのだろう？

どうしようもないことなのに、どうしてもそんな理不尽な怒りがこみあげてくる。

思わず睨んだ時、琴音の澄んだ目が久蔵を見返してきた。そして、にこっと、愛らしく笑ったのだ。

久蔵は息をのんだ。赤子の無垢な笑いに、胸を射抜かれたのだ。思わず引き寄せられるようにそばにより、手を差し伸べた。琴音は嬉しそうに笑って、久蔵の指をきゅっと握った。思ったより強い力だ。

きゃっきゃと笑う赤子に、久蔵はぽつりとつぶやいていた。

「こんなにかわいい笑顔を、初音ちゃんは見られないんだね」

次の瞬間、涙があふれた。

初音が死んだと聞かされてから初めて、久蔵は泣いた。泣いて泣いて、目玉が溶けてしまいそうなほど泣いた。

気づいた時には、琴音をしっかりと抱きしめていた。

その日、やっと久蔵は初音の死を受け入れた。

そして、同じ日、やっと父親になれたのだ。

それまでのよそよそしさやためらいがかき消え、久蔵は娘を溺愛し始めた。乳をもらう時だけは乳母に預けたが、それ以外は自分で抱いて放さなかった。「ちょっとはあたし達にも抱かせておくれ」と、母親に文句を言われても、「あそこの家は代々親馬鹿が受け継がれるようだ」と笑われても、いっこうに気にしなかった。

初音はいないが、娘はいる。初音が残してくれた娘だ。誰よりも大切に、幸せにしてやらなくては。

胸にできた傷も、愛しむことで少しずつ癒された。

幸いにして琴音は風邪一つひかず、すくすくと健やかに美しく育っていった。

あっという間に十四年が経った。

ほころんだばかりの牡丹のように華やかで、誰からも愛される娘になった琴音に、ある朝、祖父である辰衛門が冗談めかして言った。

「そろそろ琴音にも縁談の話を進めなくちゃねぇ」

「まだ早いですよ、おとっつぁん」

すぐさま久蔵は話に割って入った。

「琴音にはまだまだ当分縁遠いことです」

「そんなことはない。現に、あちこちから話は来ているんだよ。だが、まずは琴音の気持ちを聞いてやらなきゃね。琴音。誰か好きな人はいるかい？」

「はい、じじさま」

うなずく娘に、久蔵は目を剝いた。

「嘘！　嘘だろう、琴音！　そんなの、は、初耳だよ！」

「だって言ったら、おとっつぁんが大騒ぎすると思って」

白い頰をほんのりと染めながら、琴音は小さく言った。どうやら本当に恋をしているらしい。久蔵はめまいがした。

「ど、どこのどいつだい、お、おまえが好きっていうのは？　怒らないから言ってごらん。

ん？　ん？」

「絶対に怒らない？」

「怒らないよ。だから、ほら、教えておくれ。誰なんだい？」

あのねと、琴音の頬がさらに赤くなった。

「……弥助にいです」

「弥助！」

久蔵は素っ頓狂な声をあげてしまった。

「弥助って、あの、千さんとこの？　あのたぬ助？」

「そう」

信じられないと、久蔵は頭を抱えた。

すでに三十に近い弥助だが、あいかわらず千弥と二人、仲睦まじく暮らしている。そのせいか、今でも少年のような愛嬌を失わず、顔立ちは歳よりもずっと若く見える。

千弥のほうはと言えば、こちらはまったく変わっていない。

「琴音！　よりにもよって、なんで弥助なんだい？　せめて千さんならまだわかるのに」

「やだ。千弥さん嫌い」

「なんで！」

「だって、弥助にいは優しくて遊んでくれるけど、千弥さんは弥助にいのことしか見てないもの。千弥さんに恋しても、無駄だって、おとっつぁんだって思うでしょう?」

「……」

久蔵は言葉に詰まってしまった。

確かに千弥に恋するほど空しいことはないだろう。しかし、まさか琴音の恋の相手が弥助だとは。

弥助は、「久蔵が父親じゃどうも心配だ」とかなんとか言いながら、幼い琴音の面倒をよく見てくれた。そのせいで、慕う気持ちが刷りこまれてしまったのだろうか? ああ、こんなことなら、琴音を連れて太鼓長屋にちょくちょく遊びに行くんじゃなかった。

ああとか、おおとか、うめいている久蔵の前で、琴音はきっぱりと言い切った。

「とにかくね、婿にするなら、弥助にいがいいです」

「……あいつ、殺す」

「もう、おとっつぁんったら。怒らないって言ったでしょ?」

「怒ってない。殺意がみなぎってるだけだよ。こうなったら……闇討ちにしてやる!」

鼻息荒く立ち上がりかける久蔵の頭を、ぴしゃんと、辰衛門が扇子で打ちすえた。

「久蔵、おまえねぇ、いい加減におしよ。弥助のことはあたしも知ってるが、いい男じゃないか」

「おとっつぁんまで、な、何を言うんです！」

「むしろ、ここは琴音の目の付けどころを褒めてやるべきじゃないかね？」

「じじさま、もっと言ってやって」

嬉しげに笑う琴音は、親の目から見ても輝いていて、久蔵は涙がわいた。こんなかわいい我が子を、もう手放さなくてはならないのかと思うと、胸の底からこみあげてくるものがある。

「やっぱり許せない！　あいつ、ふんじばって、大川に突き落としてやる！」

「もう。おとっつぁんったら」

「やれやれ、親馬鹿はこれだから困るねぇ。琴音が不憫でならないよ」

「お、おとっつぁんに親馬鹿云々言われたかぁないですよ！　あ、琴音！　ちょっとお待ち！　弥助に近づくんじゃないよ。下手したら、千さんに生き埋めにされかねない」

「ふふ。大丈夫。うまくやるもの」

「いや、そうじゃなくて！」

軽やかに笑いながら、琴音は久蔵から逃げていく。

それを追いかけながら、「いよいよ親離れが来たのか」と、久蔵はなんとも言えない苦みと不思議な満足感を覚えていた。寂しくも爽快な風が、胸の中を吹き抜けていくようだ。

(こりゃ……親として、応援してやらにゃならないのかねぇ。たぬ助のほうはともかく、千さんを説得するのは、海の水を飲み干すより難しいだろうから。……その前に弥助のほうは、一度きっちりしめておかにゃ。あ、でも、琴音に知られないよう、うまくやらなきゃね)

だが、すったもんだの大騒ぎを起こしかけたものの、結局、琴音の恋は実らなかった。縁談の話を弥助達に持ちかける前に、琴音が倒れたのだ。

突然熱を出して倒れた琴音は、そのまま一度も床を離れることなく、世を去った。まるで桜の花が春の嵐に散らされるようなあっけなさだった。

久蔵は狂った。

なぜだと、血を吐くほどに絶叫した。これから花開こうとしている若い娘が、なぜ今、いきなり死ななければならない。母の初音から、妖怪の長寿の恩恵は受け継がれなかったというのか?

怒りと悲しみにまかせて荒れ狂う久蔵は、しまいには座敷に閉じこめられ、通夜にも葬式にも出られなかった。

畳を噛み、壁に体をぶつけ、いつしか久蔵は気を失った。

ふと気づくと、目の前に鏡が置いてあった。のぞきこむと、やつれはて、老人のように干からびた自分の顔が映った。

「へ、へへ……もう、俺もおしまいだねぇ」

初音を失い、琴音を失った。もう何もいらないし、何も得られない。

久蔵はこぶしで鏡をたたき割り、その破片を喉に突き刺そうとした。だが、誰かがそれを止めた。ぴしりと、全身の動きを封じられ、指一本動かせなくなる。

「は、放せ！」

「だ～め」

あどけない子供の声が言った。同時に、床に伸びた久蔵の影が、ぐぐっと、盛り上がってきたのだ。

のっぺりとした、目鼻もない黒い影は、そのまま久蔵の顔先まで近づいてきた。と、顔の中にぱかりと、赤い口が開いた。

「いただきます」

次の瞬間、頭から何かに呑みこまれるような感触が、久蔵を襲った。

巨大な生き物の口に入れられ、ぬめぬめとした喉を通り、胃の腑へと落ちていく。

あまりの気持ちの悪さに、絶叫していた。

「うわあああっ！」

自分の叫び声に、目が開いた。

久蔵は、知らない部屋の床の上に倒れていた。いや、知らない部屋ではない。よく見ると、見覚えがある。

「……ここ、俺が住んでた離れ、か？」

だが、あの離れは琴音が五歳の時に取り壊した。なぜ、存在している？　それも、昔のままの姿で？

うろたえている久蔵に、誰かが丸い鏡を差し出してきた。

見て、驚いた。若い。映っているのは、まだ二十代の顔だ。四十男の顔ではない。

「えっ？　えっ？」

「あれは夢だった。そなたは夢を見ていたのです」

顔を上げれば、そこには女が立っていた。若くはないが、はっとするような知的な美しさがある。

目をぱちぱちさせながら、久蔵は長いこと女を見返していた。

「お乳母さん……」

「ひさしぶりですね、久蔵」

華蛇族(かだぞく)の萩乃は静かに言った。

「なんで、おまえさんがここに？」

「第三の試練が終わったからです。ですから、こうしてふたたびまみえに来ました」

「試練？　なんのことだい？」

「我らが初音姫を娶(めと)るための試練です。忘れたとは言わせませんよ」

「何を馬鹿なことを……初音ちゃんはとっくの昔に……」

萩乃の切れ長の目が、久蔵の口を黙らせた。

「我が姫はちゃんと健在です。そろそろしゃきっと目覚めてほしいものですね。話が通じないのは困ります」

ここに来て、ようやく久蔵は頭のめぐりがよくなってきた。

「あれは……つまり、あれは幻だったのかい？」

「少し違います。そなたは影法師の夢の中にいたのです」

「影法師？」

「人に長い夢を見させ、その幸せや苦しみを食べるあやかしです。そなたは影法師の子を預けられたのですよ。青兵衛が姫の子と言って、赤子を預けたでしょう？　あれが影法師の子。そして、あの時からまだ一昼夜も経ってはいないのです」

つまり、赤子を受け取った時から、影法師の夢の中に囚われていたということか。

それでも、まだ信じ難かった。琴音との毎日は、あまりにも鮮やかにはっきりと思い出せる。

「俺は……確かに十四年間、娘を育てた」

「それもまた夢。いい加減、受け入れなさい。ああ、そうそう。影法師の子は大変喜んでいましたよ。そなたの夢はとても味わい深かったと」

茫然としている久蔵に、萩乃はあきれたように言った。

「まさか、こうも簡単に影法師の夢に入りこむとは、わたくしも思っていませんでしたよ。そもそもです。わたくし達が大事な姫の忘れ形見を手放すと思いますか？　とんでもない。それこそ、掌中の珠のように大事に大事に育てますとも」

「………」

「ようやくわかってきたようですね。ええ。全ては夢だったのですよ。……一度手に入れたかけがえのないものが、指の間からこぼれおちる絶望。そして、それを決して取り戻せないという苦しみ。じかに味わってみて、どうでした？」

淡々と尋ねる萩乃を、久蔵は見返した。

全て夢だった。芝居だった。青兵衛が赤子を置いていった時から、自分はまんまとだまされていたのだ。

驚くほど心が冷えた。怒りを通り越して、殺意さえ覚えた。

「……ずいぶんと、残酷なことをしてくだすったねぇ」

久蔵自身が驚いてしまうような、殺伐とした声だった。

わずかに萩乃の顔が歪んだ。

「悪趣味だとは、わたくしも自覚しています。ですが、謝罪はしませんよ。今味わった苦しみは、いずれそなたが姫に与えるもの。人の身であるそなたは、どう足掻こうと姫を残して死んでしまうのだから」

それゆえ味わってもらいたかったと、萩乃は言った。

「久蔵よ、改めて問います。そなたは、姫に苦しみを与える覚悟はありますか？　姫が悲しみに蝕まれることを望みますか？」

青ざめたまま、久蔵は床に膝をついていた。いまだに体に力が入らず、立ち上がれない。

だが、胸の中は違う。むくむくと、わきあがってくるものがあった。

うめくように言った。

「人間は……身勝手なんだよ」

「姫を苦しめてでも、自分の欲を押し通すと？」

「あんたにどうのこうの言われることじゃない」

「何を……」

気色ばむ萩乃を、久蔵はまっすぐ見た。

「もうあんたとはしゃべらない。初音ちゃんを出しておくれ。俺達のことだ。俺達で話をつけなきゃならない」

打ちひしがれていた時とは打って変わった、燃え上がらんばかりの目に、華蛇の萩乃は初めて気圧(けお)されたようだった。しばらく睨み返してきたが、ついにはうなずいた。

「わかりました……」

萩乃は姿を消し、それと入れ違うようにして、初音が現れた。

「きゅ、久蔵！」

「初音ちゃん……」

泣きながら抱きついてきた初音を、久蔵は両腕で受け止めた。

「ひさしぶりだねぇ」

「ほ、本当に。寂しかった」

「俺もだよ。こうして無事な姿を見られて、こんな嬉しいこたぁないよ」

元気にしていたかと、久蔵は優しく初音の頬をなでた。

「料理を習ってるんだってね？」

「ええ。でも、それだけではないの。お裁縫やおそうじも教えてもらっているところなの」

「なんでまた、そんなことを？」

「だって、人間の世界では、えっと、そういうことを花嫁修業というのでしょう？　それに、大好きな旦那様のお世話をなんでもできるようになるのって、とてもすてきだなと思って」

初音はまじめな顔になって、久蔵を見つめた。

「最初に久蔵は言ったわ。わたくしに恋できるかどうか、わからないって。今も、きっとそうなのでしょうね」

「……」

「でも、わたくしは……わたくしはやっぱり久蔵が好き。あきらめたくない。だからね、決めたの。わたくし、もっといい女になる。あなたが心底惚れてくれるような、いい女になって、必ずあなたを惚れさせてみせるって」

胸を張る初音に、久蔵は瞠目した。

こんなにもまぶしい娘だっただろうか。離れていた間に、また一段と成長したかのようだ。惚れ惚れするような気風（きっぷ）のよさではないか。

妹のように思っていた気持ちが、ゆっくりと薄れていくのを感じた。

目を細めている久蔵を、初音は心配そうにのぞきこんだ。

「青兵衛からずっと久蔵のことは聞いていたの。あの……わたくしのために、ずいぶん大変な目にあったみたいね」

「青兵衛さんか……」

あの野郎と、久蔵は唸（うな）った。あの泣き腫らした目、悲しみに沈んだ顔に、まんまとだまされた。何が「姫様は亡くなった」だ。

「たいした役者だよ。……今度思いっきり酔いつぶしてやる」

「久蔵？」

「いや、こっちの話だよ。試練のほうは、まあ、二つ目まではどうってことなかったよ。……でも、三つ目はきつかった」

笑って言おうとしたが、できなかった。どうしても唇が歪んでしまう。

「俺ねぇ、夢を見させられたんだよ。初音ちゃんと俺の間に子が生まれて、その子を育てるって夢。すごくかわいくてかわいくて……でも、その子は死んじまうんだ」

じわっと涙がわいてきて、久蔵は慌てて目を手で押さえた。

「……いけないね。ただの夢だとわかってても、やっぱり胸が苦しくなっちまう」

「久蔵……」

「初音ちゃん。俺は人だ。どうしたって、初音ちゃんより早く逝（い）っちまう。その時、初音ちゃんはどうする？」

「え？　え、何を？」

「俺が死んだあと、どうするのか。頼むから、聞かせてほしい」

久蔵のただならぬ顔つきと声に、初音は少しおびえた様子を見せた。だが、すぐに挑むように見返した。

「わたくしは……悲しむでしょう。泣いて泣いて……久蔵を偲（しの）んで……でも、それでも生きていく」

「生きる？」

「ええ。だって……わたくしが生きて久蔵のことを覚えているかぎり、久蔵は消えたりしないもの。それに……もしかしたら、わたくし達の子供がいるかもしれない。孫や、そのまた孫も。わたくしはその子達を守りながら、あなたに追いつく日までを精一杯生きてみせる」

　はじけるように久蔵は笑いだした。笑って笑って、涙がこぼれてもなお笑い続ける。

むっとしたように、初音は口をとがらせた。

「もう！　わ、わたくしは真剣に答えたのに！」

「ああ、ごめんごめん。俺が馬鹿だったなぁと、つくづく思って。いやもう、どうにもおかしくなっちまってね」

久蔵は優しい目で初音を見つめた。

「上出来だ。気に入ったよ。それなら心配いらないね。……改めて申しこむよ」

「え？」

目を見張る初音の手を、久蔵はそっと握った。

「華蛇のお姫様。手前はしがない人間の男ではございますが、手前の命尽きるまで、一緒に連れ添ってはいただけませんか？」

しばらくの間、初音は押し黙り、石のようにかたまっていた。大きな目で、じっと、久蔵を見つめる。

そのまなざしから、久蔵は目をそらさなかった。手も放さなかった。

やがて、ゆるゆると、初音の瞳が潤みだした。

白玉のような涙を落としながら、初音は天女のように笑った。

「はい！」

大きな返事をし、初音はふたたび久蔵に飛びついた。そして、久蔵はそれをしっかりと受け止めたのだ。

それからひと月後、華蛇族の屋敷にて、久蔵と初音姫の祝言が挙げられた。

従者達、宴(うたげ)をひらく

一

それは、久蔵と初音の祝言がすんでから、ひと月あまり後のことであった。

弥助のもとに、妖怪の子がどどっと預けられた。

最初にやってきたのは、烏天狗の飛黒であった。妖怪奉行、月夜公に仕える烏天狗で、黒い羽に覆われており、背中に生えた翼もまた漆黒だ。ぎょろりとした目と、大きなくちばしがかなりの迫力をかもしだしており、正直、闇夜では出くわしたくない類の顔つきである。

その飛黒の子供は、小さな二匹の烏天狗であった。双子なのだろう。体の大きさから翼の生え具合、着ている衣にいたるまで、そっくりだ。ただし、飛黒と違い、手や顔や首には羽が生えておらず、つるりと白い肌があらわとなっている。

そして、双子の顔は鳥ではなく、人のものであった。色白で、切れ長の目をした美しい相貌だ。少々口元がくちばしのように尖っているが、それがまたかわいらしい。

「わしのせがれどもだ。右京と左京という。ほれ、こちらが子預かり屋の弥助殿じゃ。挨拶せい」

「右京でございまする」

「左京でございまする」

双子はお行儀よく頭を下げてきた。どうやら躾はしっかりされているようだ。

いやそんなことよりもと、弥助はまじまじと飛黒を見た。

「あんた、子持ちだったんだ……」

「何か問題でもあるのか？」

「いや……意外だなぁっと思って。てっきり月夜公一筋かと思っていたから」

「き、気味の悪いことを申すでない！　こう見えても、わしは妻一筋であるぞ」

「ええ、それはほんとでございますよ」

のほほんとした声が割って入ってきた。

飛黒の後ろに、いつの間にか大きな猫が立っていた。閉じているかのような糸目をし、頭に赤い手ぬぐいをかぶった、白と黒のぶち猫。人に取り憑き、寝言を言わせる妖怪、寝言猫だ。

「寝言猫のおこねでございます。おひさしぶりでございますね、弥助さん」

「うん、ひさしぶりだね。……今の口ぶりからすると、飛黒さんのおかみさんのことを知ってるみたいだね？」

「あい。そりゃもう。飛黒さんと奥方は、夫婦仲の良さで有名でございますもの。特に、奥方のほうはねぇ。いやでも噂が耳に入ってくるというくらいでしてねぇ」

ふふふと、意味ありげに笑う寝言猫を、「余計なことを言うな、おこね」と、じろりと睨む飛黒。そのやりとりに、弥助は首をかしげた。

「二人は知り合いなのかい？」

「ええ。それなりに」

「お互いの主つながりで知り合ったのだ」

「そうなんだ。……飛黒さんの主はわかるけど、おこねさんも主がいるのかい？」

「ええ。王蜜の君でございますよ」

弥助はぎょっと目を見張った。

「えっ！　あ、あのお姫さん？」

「ええ。我ら猫の妖怪をあまねく統べる王なのでございますよ、あの御方は」

「そ、そうなのかい。すごい妖怪だろうなとは思っていたけど。……あのお姫さんに仕えるのって、大変じゃない？」

「そりゃ、怖いところはもちろんございますよ。でも、本当に困った時には助けてくださる御方です。大変と言うなら、飛黒さんのほうがもっと大変かと」

「あ、そうだよな。あの月夜公が相手じゃ、一時だって気が休まらないよな」

弥助とおこねから同情のまなざしを向けられて、飛黒は居心地悪そうに翼を動かした。言い返したいが、否定はできぬというところであろう。

「ふふふ。飛黒さんったら、言いたいことは山ほどあるって顔をして」

「お、おこねこそ、たまりにたまったぐちが、ぶちになって浮き上がってきそうなありさまだぞ」

「おや、うまいことを言わっしゃる」

「いい加減にして、さっさと用をすませてしまうがいいぞ。時がなくなる」

「おっと、そうでしたそうでした。弥助さん、またうちの子を預かってくださいな」

そう言って、おこねは頭にかぶった手ぬぐいの下から、ころりとした小さな子猫を取り出した。なにからなにまで、おこねにそっくりの子猫だ。

「ま、まるも……」

弥助はたじたじとなった。前にこのまるもを預かった時は、自分でも思いもしない寝言を連発し、大変な目にあったからだ。

できれば二度と預かりたくない相手なのにと、心の中で悲鳴をあげた時だ。それまで部屋の隅で我関せずと鍼を研いでいた千弥が、いきなり顔をつっこんできた。

いつになくにこやかな笑みを浮かべ、千弥はおこねに言った。

「おまえの子供はいつでも大歓迎だよ。今度は何日預かればいいんだい？」

「あ、いえ、今回は一晩だけ。明日の朝には迎えに来ますので」

「なんだい。泊まりじゃないのかい。つまらない」

露骨にがっかりする千弥に、弥助は苦笑した。おおかた、まるもを使って、弥助からまた「千にい、大好き」という寝言を聞き出そうと思ったのだろう。

なにはともあれ、明日の朝までならこちらも安心して預かれる。

「いいよ。まるも、おいで」

ころりんと、まるもは弥助の手の中へと移動した。その様子に、烏天狗の双子が「かわいい！」と声をあげた。

「父上、かわいいです！」

「見ました、父上？　ころころしています！」

「ああ、見た見た。おまえ達、一緒に預かってもらうのだから、まるもとも仲良くするのだぞ」

「わかっています」

「明日の朝には迎えに来る。それまで、弥助殿に迷惑をかけるでないぞ」

「はい」

ちゃんと父親なんだなぁと、弥助はちょっと感心した。そのあと、ふとつぶやいた。

「それにしても、子供が二組かぁ。重なるのは珍しいな」

「いいえ、もう一人、お客が来ると思いますよ」

「え？　そうなの？」

「はい。ここに行くと、言っていましたからねぇ」

そのとおりだった。飛黒とおこねが去ってからしばらく後、今度は大きな青蛙(あおがえる)が盥(たらい)を頭に載せてやってきたのだ。

「あんたは、初音姫のとこの……」

「へい。青兵衛というものでございやす。祝言ではご挨拶もせず、失礼をいたしやした」

そう。初音姫と久蔵の祝言には、弥助と千弥も列席した。久蔵から「ぜひ」と乞われたからだ。

「もちろん行くよ。久蔵のゆでだこみたいな顔、拝まずにおくもんか」

そんな憎まれ口を叩きつつも、弥助は少しだけ心配していた。

なんだかんだと図太い男ではあるが、久蔵は生粋の人間だ。妖怪に囲まれたら、それこそ蛇に睨まれた蛙状態になってしまうかもしれない。

祝言の席で醜態をさらさないよう、いざとなったら助けてやらなければ。

そんな気持ちで、弥助は千弥と共に祝言に向かったのだ。

だが、それは杞憂に終わった。

黒紋付を身に着けた久蔵は、実に落ち着いており、立ち居ふるまいも堂々としていたのだ。美形揃いの華蛇族の面々を前にしても、決して貧相には見えなかった。そして、そんな隙のない様子でありながらも、久蔵は幸せそうだった。

白無垢姿の初音を見つめる目、言葉を交わす時の笑みの優しさ。その全てがほっこりと温かい。対する初音も同じだ。

それが周囲にも伝わるものだから、似合いの二人よと、あちこちから声があがる。

「なんだよ。ちっとも動じてないじゃないか。……つまんないやつ」

悪態をつきながらも、弥助は心の中ではちゃんと祝いの言葉を贈ったのだ。

この青蛙は、その祝言の席で見かけた。料理を運んだり、酒を注いで回ったりと、くるくるとよく働いていたから、弥助も覚えていたのだ。

「祝言、無事に終わってよかったな」

「へい。華蛇のみなさま、および奉公人の一同も、ようやく肩の荷が下りたというか」

「そうだろうね。いい祝言だったと思うよ。料理は全部うまかったし。広間に飾ってあった花もきれいで。あ、それから、華蛇の踊り！　あれはすごかった！」

「ああ、蛇の舞いでございやすね」

　宴の途中、ふいに華蛇の者達が十名、中央に立ったのだ。するりと、その姿がほぐれるように霞み、次々と虹色の蛇へと変わりだす。

　あっけにとられている弥助や久蔵の前で、蛇達は見事な舞いを披露し始めた。鱗をきらめかせ、一糸乱れず、水のようになめらかに舞う姿は、実に華やかで、今も弥助の胸に焼き付いている。

「へい。あれは、祝言の時だけに舞われる、特別なものなんでございやすよ。夫婦になったお二人へのはなむけなんでございやす」

「うん。すごくいいものを見せてもらった。……そういえば、驚いたよ。久蔵の親達が祝言に来ていたからさ」

「花婿の親御様抜きというのも、まずうございやすから。なに。大丈夫でございやす。術をかけて、普通の人間の祝言に見せかけておりやしたから。久蔵殿の親御様は、少しも怪しんではおりやせんよ」

「なるほど。それじゃ蛇の舞いも、あの人達には普通の人間が踊っているように見えてたわけだね？」

「そういうことでございやす」

祝言のあと、初音は久蔵と共に人界に戻った。今、二人は一軒家を借り、若夫婦として暮らしている。もう少ししたら、久蔵の父親はいくつかの長屋の采配(さいはい)を久蔵にまかせるのだという。

「あいつがいよいよ一家の主になるってわけか。……なんか、思い浮かばないな。あいつがしっかり働くところなんて」

「大丈夫でございやす。姫様もおそばにおりやすから。もうだいぶ若女房っぷりが板についてきたようで」

「そりゃよかったね」

「へい。我ら蛙も、おかげで少し休みをいただけやした。なにせ、ここ数月、お屋敷はそりゃもう忙しくて、目も当てられぬありさまでやしたから」

「で、ここに子供を預けて、息抜きしようって？」

「当たりでございやす。ということで、うちの子らをお願いいたしやす」

青兵衛は盥を下ろして、弥助のほうへ押し出した。水を張った盥の中には、真っ黒な大きなおたまじゃくしがわらわらと泳ぎ回っていた。

「……大所帯だね」

「へい。五十六匹おりやして。こちらから順に……」

「あ、紹介はいいよ。そんなことしてたら、夜が明けちまう。早く行きなって」

「それもそうでございやすね。それじゃ、お言葉に甘えて、手前はこれにて。明日の朝に迎えにまいりやす」

青兵衛は慌ただしく出ていった。

奥でまるもと戯れていた烏天狗の双子が、さっそく盥をのぞきこんできた。

「いっぱいいる！」

「ほんと、いっぱい！　弥助殿、いっぱいです！」

「そうだな。五十六匹いるんだってさ」

「すごい！　ねえ、右京。左京と右京が五十六人いたら、おもしろいと思わない？」

「思う！　父上と母上に頼んで、あと五十四人、兄弟を作っていただこうかしら？」

「おいおい」

苦笑しながら、弥助はふと千弥のほうを向いた。

「ねえ、千にい。おもしろいこともあるもんだね。一晩に、三方から子妖を預かることになるなんて。しかも、全員、明日の朝に迎えに来るって言っていたし」

「そうだね。……案外、親達の行き先は同じなのかもしれないよ」

「だから、迎えの時刻が一緒だっての？　うーん、そうなのかな？　あんまり、つながりのない三匹に見えたけどなぁ」

だが、千弥の勘は当たっていたのだ。

二

太鼓長屋を出たあと、烏天狗の飛黒と寝言猫のおこねは、いったん別れ、それぞれ大きな荷を抱えて、人気のない森にて落ち合った。

「青兵衛さんはまだ？」

「ああ。だが、じきに来るだろう。先に支度だけでもしておこう」

「そうでございますね。あ、そうそう。三匹鼠さん達は？」

「彼らは来ぬそうだ。子供がようやくしゃべりだしたので、今は片時もそばを離れたくないらしい」

「おやま。残念な。あの三匹がいるといないとでは、お酒の味が大違いなのに」

「こらこら、ひどいことを言うな」

「あれ、勘違いをしないでくださいな。食べたいなんて思っちゃいません。ただ見ていると、お酒がぐっとおいしく感じられるってだけでございますよ。ああ、それにしても残念な」

そう言いながら、おこねは美しい緋色の敷物をさっと広げた。続いて、大きなとっくりを置き、赤い盃を三つ並べる。

飛黒は飛黒で、術で火をおこし、持ってきた鍋を温め始めた。たちまちうまそうな匂いが漂いだし、おこねは鼻をひくひくさせた。

「よい匂いでございますね」

「きのこ汁だ。腕によりをかけて作ってきたのだ。作りすぎた分は家に残してきた。これは女房殿の好物でもあるのでな」

「ふふふ。あいかわらず仲がよろしいようで」

「何。ご機嫌とりよ。女房殿の機嫌が悪いと、家そのものの空気がよどんでくるでな」

「……わかるような気がしますよ」

ここで青兵衛が到着した。

「遅いですよ、青兵衛さん」

「申し訳ございやせん。出がけにばたばたしちまったもんで。でも、約束どおり、つまみはたっぷり持ってきやした。これで勘弁してくださいやし」

そう言って、青兵衛は大きな重箱を差し出した。中身は、具だくさんな炊きこみごはん、ずっしりとした甘い卵焼き、つくね、魚のあえもの、天ぷら、煮物、練り物、酢の物と、豪華なものだった。

「なんとまあ、贅沢な」

「うむ。これなら申し分ないな。……では、やるか？」

「やりやしょう」

「まずはお酒からでございますね」

三匹は「いざ！」と、なみなみと酒の注がれた盃をかかげた。

こうして種族も仕える主もばらばらな三匹の、風変わりな宴が始まったのだ。

そもそもの発端は、飛黒の思いつきによるものだった。

「華蛇の姫の祝言も終わり、それぞれ少し落ち着いてきたはず。そこで、我ら下々のものだけの宴を設けようと思うのだが、いかがだろう？　うまいものを食べ、酒を飲み、疲れやたまったぐちを吐き出そうではないか」

この誘いに、おこねと青兵衛は一も二もなく乗ったというわけだ。

ぐうっと酒を飲み干したあと、青兵衛はおこねに顔を向けた。

「まずはおこねさんにお礼を申しあげやす」

「あら、なんででございます？」

「姫様の祝言でお世話になりやしたから」

「ああ、花婿殿の親御様に術をかけたことでございますね」

「へい。おかげで、滞りなく祝言を挙げられやした。あれをやっていただかなかったら、ちょっとした騒ぎになっていたことでございやしょう。なんと言っても、まわりはあやかしだらけ。そして、人はあやかしを恐れ、忌み嫌うものでございやすからね」

だからこそ、王蜜の君はおこねに命じ、久蔵の両親に術をかけさせたのだ。術にかかった二人の目には、いとも不思議な妖怪の姿もごく普通の人間に見え、おびえることも物怖じすることもなく、和やかにあのひと時を過ごせたというわけだ。

頭を下げる青兵衛に、おこねは笑った。

「こっちは主に命じられたから、そのとおりにしただけのことでございますよ。お断りすると、こちらの命が危ないので」

だが、二杯目の盃を干すと、おこねの糸目が少し赤らんだものになった。

「……とは言うものの、決してたやすくはございませんでした。確かに、我ら寝言猫は、寝言を言わせるだけでなく、人に幻も見せられます。でも、これがかなり妖力を使うのですよ。……おかげで少し痩せてしまいました」

「……申し訳ないことで」

身を縮める青兵衛に、いやいやと、飛黒が首をふった。

「それを言うなら、まずはわしがおぬしらに頭を下げなければなるまい。特に青兵衛は……我が女房殿のせいで、だいぶきりきりまいをさせられたのではないか？」

「ま、否定はいたしやせん」

厚い卵焼きを頬ばりながら、青兵衛はうなずいた。

「ことに、婿殿の器を見定める試練の間は……失礼ながら、胃に穴が開くかと思いやした」

「お屋敷でもそのような……いや、我が家にてもぴりぴりしておったがの」

「ぴりぴりなんてもんじゃございやせん。ありゃもう、びりびりの稲妻みてぇでございやした」

「そ、そうか」

まあまあと、おこねがなだめた。

「でも、無事に祝言が終わり、奥方の緊張や苛々もなくなったのでは？」

「うむ。それがな……ようやくあきらめがついたと思いきや、今度は何かがぷっつりと切れてしまったようでの。今は毎日、自室にて寝てばかりなのだ」

「ああ、それでお屋敷にもおいでにならないんでございやすね。まあ、そのおかげで、我ら蛙はのびのび……いや、なんでもございやせん」

「いや、わかっておる。うちのはそれだけ迷惑をかけたのであろう。鬼の居ぬ間のなんとやら。おぬしらには存分にのんびりしてもらいたいものよ」

苦いものを飲み干すように、飛黒はぐびっと酒をあおる。

場を和ませようと、おこねは青兵衛に語りかけた。

「奥方と言えば、青兵衛さん、そちらの奥方は？」

「上の方々にかけあい、少し長い休みをいただいて、温泉に行っちまいやした」

「おやま。青兵衛さんとお子さん達を残して？」

「へい」

しかたないのだと、青兵衛は情けなさそうに言った。

「うちのやつは、姫様の料理修業をつきっきりで見てやしたからね。姫様が指をずばずば切り落とすたびに、すかさず河童の軟膏ではっつけていたわけでして」

「……………」

「そんなのを毎日毎日見せつけられちゃ、さすがの肝っ玉かかあもたまったもんじゃございやせん。しばらくは包丁も軟膏も見たくないと、さっさと湯治に向かっちまったというわけで」

「まあ、それじゃ毎日のおまんまの支度も青兵衛さんがしなくちゃいけなくて、大変でございますねえ」

「いや、そっちはそうでもないんで。もともと煮炊きするのは好きでやしてね。このお重も、手前がこしらえたんでございやすよ」

「うん、うまい」

「見事なお手前でございますねえ」

　褒(ほ)められて、げこっと、青兵衛の腹が得意そうに膨(ふく)らんだ。

　だが、その腹はすぐにしゅうっとしぼんだ。陰気な顔になりながら、青兵衛はぼそぼそと言った。

「まあ、色々と修羅場(しゅらば)があったわけでございやすが……厄介(やっかい)なのはむしろ今かもしれやせん」

「と言うと？」

「……第三の試練として、萩乃様が影法師の子を久蔵殿のところに送りこんだのは、ご存じでござんしょう？」

「ああ。確か、その子供を渡すのは、青兵衛が引き受けたとか」

「引き受けたんじゃございやせん！　命じられて、いやいやでございやす！」

ぴしゃりと、青兵衛は嚙みつくように言った。だいぶ酒が回り始めているのか、目が据わってきている。

「あの時、姫様が亡くなったと、手前は演じなくてはならなくて。あの一件で、手前はすっかり久蔵殿に嫌われてしまったんでございやす。手前は言いつけに従っただけなのに。こ、こんなのは理不尽(りふじん)でございやす」

「す、すまぬ」

「飛黒殿に謝っていただいても、どうにもならんことでございやす」

剣呑(けんのん)な顔でそっぽを向く青兵衛に、おこねは首をかしげた。

「そうでございますかねぇ？　いえね、祝言の時に見ていたんでございますが、久蔵殿はずいぶん親しげに青兵衛さんに話しかけていたじゃありませんか。とても嫌っているようには……」

「おこねさん。だまされちゃいけやせん」

元から青い顔をさらに青ざめさせながら、青兵衛は言った。

「あの一件以来、久蔵殿は手前の顔を見れば、酒を一緒に飲もうと、笑顔で声をかけてきてくださいやす。でも、その、め、目が笑ってないんで。あれはもう、とにかく手前をとっちめてやろうと、そういう目なんでございやす。もう、怖くて怖くて」

と、ここで飛黒が、がばりっと突っ伏した。

「なんでこう、つらいことばかりなのだ！　気の毒に、青兵衛！　気の毒だぁ！」

おいおい泣きながら、大声で叫ぶ飛黒。その姿に、おこねと青兵衛はひそひそと言葉を交わした。

「あらま、酔っ払ってらっしゃる。……知らないうちに、ずいぶん飲んでしまったんでございますねえ」

「見かけほど酒に強くないようでございやすね。……酒鬼もかくやと言わんばかりのお顔なのに」

「ほんとに。あれで、あの奥方のほうから惚れこんで、祝言を迫ったというのだから……本当に世の中とはわからぬものでございますね」

かなり失礼なことを言われているとも知らず、飛黒はひたすらくだを巻いていた。

「しかし！　しかしだ！　つらいと言うなら、このわしだって日々、さんざんな目にあっているのだ！　なにゆえ自慢の翼を使って、主の甥を追い回さねばならぬ？　ん？　どうだ？　これこそ理不尽というものであろう！」

「甥というと、津弓君？」

「そうだ。最近は梅吉という子妖と仲良くしておられての。二人して、あちこちでいたずらをしでかして騒ぎを起こしておられる。今のわしは、奉行所の烏天狗ではなく、いたずら小僧どもの後始末に日々追われておるわ！」

「それはそれは……」

「だいたい、主は津弓君に甘すぎる！　悪さをしても、きつくは叱らぬのだ。せいぜい、説教をして、屋敷に閉じこめる程度よ。代わりに、叱られるのは誰だと思う？　このわしぞ！　わかるか？　あの主に叱られるのだぞ！」

「た、確かに月夜公に叱られるのは、きつそうでございやすね。お気の毒でございやす」

「いいえ」

おこねがきっぱりとした口調で言った。

「きついと言うなら、我が主の王蜜の君だってそうでございますよ。あの方は風のように捕らえどころのない方でございますが、その分、強引なところもあって、仕えている身としてはたまったもんじゃございません。今回の祝言だってそうでございますよ。いきなり華蛇のお屋敷に連れてこられたかと思ったら、これからやってくる人間にこれこういう幻を見せよと、命じられたんでございますからね」

「そのことだが、おこね、なぜおぬしなのだろうな？　いや、王蜜の君ほどのお方なら、自分で術をかけてもよさそうなものを」

「王蜜の君は確かにすさまじい妖力をお持ちです。ですが、豪快な術、大がかりな術は得意でも、幻といった類は苦手だそうで。……おかげで、こちらは前々から約束していた仲間との集まりを、ふいにしてしまったんでございますよ。今回は極上のまたたび酒を存分に飲むはずだったのに！　もう悔しいったら！」

「……」

「……」

三匹はじっとりとした目を見交わした。

「……なんか、だんだん腹が立ってきやしたね」

「ええ。もうこうなったら……とにかく、飲みましょう」

「そうだ。今夜は朝まで飲んで飲んで、嫌なことを全部忘れてしまおうぞ！」

その言葉どおり、従者達の宴は東の空が白むまで続いたのだ。

三

夜明けと共に戻ってきた飛黒達を見て、弥助はかたまった。

「……すげえ顔だね」

「うむむ、ちと調子に乗ってしまってな……」

「ちょいと飲みすぎたんでございますよ」

「うぇえ……」

飛黒もおこねも足元がおぼつかず、目もしょぼしょぼとしている。青兵衛に至っては、なにやら黄緑色となっていて、言葉も出ない様子だ。

そんな親達に、子妖達は喜び勇んで飛びついていった。

「父上！　お帰りなさい！」

「楽しかったですよ、父上！　あのですね、青兵衛殿のおたまじゃくしの名前を言い当てる遊びをしたんです」

「うにゃああん。なああん」

「そうそう。まるもが見事に三匹も言い当てたんですよ」

「すごいですよね。あ、でも、右京も一匹当てましたよ」

きゃいきゃい騒ぐ双子とまるも。盥からは、五十六匹のおたまじゃくしがぴちゃぴちゃ跳ねながら、青兵衛に鳴きかける。

その騒ぎに、親達はますます死にそうな顔になった。耳を押さえてうめく。

「頼む！　頼むから、怒鳴ってくれるな！」

「まるもや、声を落として、ね？」

「うええ……」

あまりにも哀れな様子に、弥助はしかたないと声をかけた。

「茶でも淹れてやるよ。そんなんじゃ子供を連れて帰れないだろ？」

「お手間をかけます」

「申し訳ない」

「うええ……」

「いいってことさ」

弥助がわざわざ茶を淹れてやることが気に食わなかったのだろう。千弥は冷やかに親達に言った。

「まったく。迎えを待ってる子供らがいるというのに、そんなふうに無様に酒を飲みすぎるとは。情けないかぎりだね。弥助、こんなやつらには水で十分じゃないかね？　お茶なんてもったいないよ」

「千にいったら、そんなこと言ったらかわいそうだよ」

「いいんだよ。酔っ払いに優しくしてやることはないって、そもそも弥助が前に言ったんだよ？」

「そりゃ久蔵のことだよ。この三人はお客なんだしさ。少しくらいもてなしてやったって、ばちはあたらないって」

「ああ、弥助！　おまえって子はほんとに優しい良い子だねえ！　おまえ達。こういうわけだからね、ありがたくお茶を飲むんだよ。一滴たりとも残すんじゃないよ」

「もう、千にいってば。ほらほら、おまえ達は向こうでまた遊んでな。おとっつぁん達がもうちっとしゃきっとすれば、家に帰れるから」

「はーい！」

そうして、弥助が淹れた茶を、親達がへろへろ顔ですすりだした時だ。

長屋の戸がするっと開き、一人の女が入ってきた。

「お邪魔いたします」

「げっ！　あ、あんた……蛇のお乳母さん」

そう。初音姫の乳母、萩乃であった。

弥助も驚いたが、飛黒の驚きようといったらなかった。ぐんにゃりとしていたのが、びよんっと、栗がはぜるように立ち上がったのだ。

「にょ、女房殿！　な、なぜここに！」

「あまりに帰りが遅いので、子供達を迎えにきたのですよ」

「母上！」

右京と左京が大喜びで萩乃に駆け寄った。

「母上、もうお元気になったのですか？」

「寝ていなくてもいいのですか？」

「ええ。母はもう大丈夫です。心配をかけましたね。さ、あなた、もう帰りましょう」

「う、うむ。じつはまだ胸焼けが……」

「それほどご酒を召されたのですか？」

あきれたと、萩乃は白い目で飛黒を睨んだ。

「気持ち悪くなったのは自業自得。いつまでも弥助殿のもとにいては、それこそ迷惑になりましょう。休むなら我が家にてお休みなさい。胸焼けがしようが吐き気がしようが、とにかく死ぬ気で家まで飛ぶのです」

「わ、わかった」

「では、みなさま、お世話になりました。ごきげんよう」

双子を連れ、飛黒を従え、萩乃はさっそうと去った。

あっけにとられていた弥助だが、我に返るなり、素っ頓狂な声をあげてしまった。

「えっ！　ええええっ！　あれ、ほんと？　ほんとに、飛黒のおかみさんって……」

「ええ。華蛇の萩乃さんでございますよ」

「……どこがどうして、そうなったわけ？　だって……言っちゃ悪いけど、全然お似合いじゃないよ？　お乳母さんはきれいだけど、飛黒はあんな御面相だし……華蛇って、だいたいが面食いじゃなかった？」

「なんでも、月夜公の使いで華蛇のお屋敷を訪ねた飛黒さんが、おまんじゅうを萩乃さんにあげたことが馴れ初めらしくて」

「まんじゅうって……そんなもんで釣れる相手なのか？　あのお乳母さんが？」

首をひねる弥助に、おこねも自信なさそうに青兵衛を見た。

「青兵衛さん、あの噂、まことなんでございますか？」

「まんじゅうの件については、手前にも真偽のほどは……ただ、萩乃様が飛黒殿にぞっこん惚れこんで、激しく追い回して、ついには押しかけ女房になったのは間違いないことでやして」

「ふ、不思議なこともあるもんだね」

「へい。いまだに妖界の七不思議の一つと、言われておりやす」

「だろうね……」

蓼食う虫も好きずき。その言葉をしみじみ噛みしめた弥助であった。


すっかり明るくなった空を飛びながら、萩乃は夫に声をかけた。

「大丈夫ですか？　家まであと少しですから、しっかりなさって」

「う、うむ。大丈夫だ。……それより、おぬしこそ、もう起きてよいのか？」

「ええ。ふて寝にももうあきました。いくら泣き暮らしても、姫様はあの男と添い遂げる覚悟のようですし。……このままではわたくし一人がわからず屋のようで、癪に障ります。はあ、それにしても……なにゆえ姫様はあんな男と……」

深々とため息をつく萩乃に、飛黒は思い切ったように切りだした。

「なあ、女房殿」

「なんです？」

「うむ。その、祝言も終わり、そちらの姫はひとまずおぬしの手を離れたわけだ。そろそろ華蛇族の乳母ではなく、わしの妻、子供らの母に戻ってもよい頃ではないか？」

「……」

「ふて寝のためとはいえ、このひと月あまり、おぬしはずっと家にいてくれた。わしも子供らも嬉しかったのだ。だから、これからもそうしてもらいたいのだが……」

「……そうですね」

萩乃はかすかに微笑んだ。

「家に戻っても、わたくしはあまりお役には立てませんよ？　煮炊きは苦手ですし」

「そんなもの、わしがこれまでどおりやればよい」

「……そういえば、昨夜のきのこ汁はおいしゅうございました。……またこしらえてくださいます？」

「もちろんだ。山菜鍋、しし鍋もこしらえよう。今は秋だ。おぬしの好きな栗おこわも炊いてやろう」

「ま、それは楽しみな」

今度こそ、萩乃は大きく笑いだした。

そうだ。こういう相手だから夫婦になりたいと思ったのだ。

顔に似合わぬ細やかな気遣いと優しさにあふれた烏天狗。きらびやかで粋を知りつくした華蛇の殿方とは、まさに正反対なところに痺れた。どうしても添い遂げたいと思い、ついには無理やり押しかけ、居座ったのだ。

今でも恥じても悔いてもいない。あれこそは、才媛と呼ばれてきた自分の、一番の英断であったのだ。

あの時の必死な気持ちを懐かしく思い出しつつ、ふと思った。

初音姫も、自分と同じものを久蔵という人間に感じたのではないかと。

思わず舌打ちしてしまった。

「今になって気づくとは……わたくしも愚かな……」

「何か言ったか？　すまぬ。聞こえなかった」

「いえ、ただの独り言でございます。それより……」

萩乃は惚れ惚れとしたまなざしで飛黒を見た。

「な、なんだ？」

「いつ見ても、あなたは良い男だと思いまして」

「か、からかってくれるな」

「まことのことですもの。ねえ、右京、左京。父上は良い男でしょう？　すてきな殿御でしょう？」

「はい、母上！」

「そう思います！」

「そうでしょう？　母もね、父上のことが大好きなのですよ」

もうやめてくれと、飛黒は顔を覆う。そんな夫を見つめながら、萩乃はこの相手を選んでよかったと、心から思ったのだ。

検印
廃止

著者紹介 神奈川県生まれ。『水妖の森』で、ジュニア冒険小説大賞を受賞して2006年にデビュー。主な作品に、〈妖怪の子預かります〉シリーズ、〈ふしぎ駄菓子屋 銭天堂〉シリーズや『送り人の娘』、『青の王』、『鳥籠の家』などがある。

妖怪の子預かります5
妖怪姫、婿(むこ)をとる

2018年1月12日 初版
2023年2月24日 6版

著者 廣嶋玲子(ひろしまれいこ)

発行所 (株) 東京創元社
代表者 渋谷健太郎

162-0814/東京都新宿区新小川町1-5
電話 03・3268・8231-営業部
03・3268・8204-編集部
URL http://www.tsogen.co.jp
フォレスト・本間製本

乱丁・落丁本は、ご面倒ですが小社までご送付ください。送料小社負担にてお取替えいたします。

ISBN978-4-488-56506-0 C0193